www.ingramcontent.com/pod-product-compliance
Lightning Source LLC
LaVergne TN
LVHW010831051026
849532LV00007B/2663
* 9 7 8 9 3 6 9 0 8 9 0 5 5 *

نایاب اردو افسانے

(حصہ: 2)

مرتبہ:

فاروق ارگلی

Naayaab Urdu Afsane - Part:2 *(Short Stories Anthology)*
by: Farooq Argali
Edition: May '2025
Publisher :
Taemeer Publications LLC (Michigan, USA / Hyderabad, India)

ISBN 978-93-6908-905-5

9 789369 089055

کتاب	:	**نایاب اردو افسانے** (حصہ:2)
مرتب	:	**فاروق ارگلی**
صنف	:	فکشن
ناشر	:	تعمیر پبلی کیشنز (حیدرآباد، انڈیا)
سالِ اشاعت	:	۲۰۲۵ء
صفحات	:	۱۰۶
سرورق ڈیزائن	:	تعمیر ویب ڈیزائن

فہرست

کرشن چندر

مہالکشمی کا پل

مہالکشمی اسٹیشن کے اس پار مہالکشمی جی کا ایک مندر ہے۔ اسے لوگ ریس کورس بھی کہتے تھے۔ اس مندر میں پوجا کرنے والے لوگ ہارتے زیادہ ہیں جیتتے بہت کم ہیں۔ مہالکشمی اسٹیشن کے اس پار ایک بہت بڑی بدرو ہے جو انسانی جسموں کی غلاظت کو اپنے متعفن پانیوں میں گھولتی ہوئی شہر سے باہر چلی جاتی ہے۔ مندر میں انسان کے دل کی غلاظت ڈھلتی ہے اور بدرو میں انسان کے جسم کی غلاظت اور جن دونوں کے بیچ میں مہالکشمی کے پل کے اوپر بائیں طرف لوہے کے جنگلے پر چھ ساڑھیاں لہرا رہی ہیں۔ پل کے اس طرف ہمیشہ اس مقام پر چند ایک ساڑھیاں لہراتی رہتی ہیں۔ یہ ساڑھیاں کوئی بہت قیمتی نہیں ہیں۔ یہ لوگ یہاں ہر روز ان ساڑھیوں کو دھوکر سوکھنے کے لئے ڈال دیتے ہیں اور ریلوے لائن کے آر پار جاتے ہوئے لوگ مہالکشمی اسٹیشن پر گاڑی کا انتظار کرتے ہوئے لوگ، گاڑی کی کھڑکی اور دروازوں سے جھانک کر باہر دیکھنے والے لوگ اکثر ان ساڑھیوں کو ہوا میں جھولتا ہوا دیکھتے ہیں۔ وہ ان کے مختلف رنگ دیکھتے ہیں۔ بھورا، گہرا بھورا، مٹ میلا، نیلا، قرمزی، بھورا، سرخ گہرا نیلا اور لال۔ وہ لوگ اکثر انہیں رنگوں کو فضا میں پھیلے ہوئے دیکھتے ہیں۔ ایک لمحے کے لئے دوسرے لمحے میں گاڑی پل کے نیچے سے گزر جاتی ہے۔ ان ساڑھیوں کے رنگ اب جاذب نظر نہیں رہے۔ کسی زمانہ میں ممکن ہے جب یہ نئی نئی خریدی گئی ہوں ان کے رنگ خوصورت اور چمکتے ہوئے ہوں۔ مگر اب نہیں ہیں۔ متواتر دھوئے جانے سے ان کے رنگوں کی آب و تاب مر چکی ہے اور ان یہ ساڑھیاں اپنے پھیکے سیٹھے روز مرہ کے انداز کو لئے بڑی بے دلی سے جنگلے پر پڑی نظر آتی ہیں۔ آپ دن میں انہیں سو بار دیکھئے یہ کبھی آپ کو خوبصورت نہ دکھائی دیں گی۔ نہ ان کا رنگ و روپ اچھا ہے۔ نہ ان کا کپڑا۔ یہ بڑی

سستی ،گھٹیا قسم کی ساڑھیاں ہیں ہر روز دُھلنے سے ان کا کپڑا ابھی تار تار ہو رہا ہے۔ان میں کہیں کہیں روزن بھی نظر آتے ہیں۔ کہیں اُدھڑے ہوئے ٹانکے اور کہیں بدنما داغ جو اس قدر پائدار ہیں کہ دھوئے جانے سے بھی نہیں دُھلتے بلکہ اور گہرے ہوتے جاتی ہیں۔ میں ان ساڑھیوں کی زندگیوں کو جانتا ہوں۔ کیونکہ میں ان لوگوں کو استعمال کرتے ہیں۔ یہ لوگ مہالکشمی کے پُل کے قریب ہی بائیں طرف آٹھ نمبر کی چال میں رہتے ہیں۔ یہ چال متمول نہیں ہے۔ بڑی غریب سی چال ہے میں بھی اسی چال میں رہتا ہوں۔ابھی وزیر اعظم کی گاڑی آنے میں بہت دیر ہے۔آپ انتظار کرتے کرتے اکتا جائیں گے۔اس لئے اگر آپ ان چھ ساڑھیوں کی زندگی کے بارے میں مجھ سے کچھ سُن لیں تو وقت آسانی سے کٹ جائے گا۔ادھر یہ جو بھورے رنگ کی ساڑھی لٹک رہی ہے یہ شانتا بائی کی ساڑھی ہے۔اس کے قریب جو ساڑھی لٹک رہی ہے وہ بھی بھورے رنگ کی دکھائی دیتی ہوگی۔مگر وہ تو گہرے بھورے رنگ کی ہے۔آپ نہیں، میں اس کا گہرا بھورا رنگ دیکھ سکتا ہوں۔ کیوں کہ میں اسے اس وقت سے جانتا ہوں۔ جب اس کا رنگ چمکتا ہوا گہرا بھورا تھا۔ اب اس دوسری ساڑھی کا رنگ بھی ویسا ہی بھورا ہے۔جیسا شانتی بائی کی ساڑھی کا اور شاید آپ ان دونوں ساڑھیوں میں بڑی مشکل سے فرق محسوس کرسکیں۔ میں بھی جب ان کے پہننے والیوں کی زندگیوں کو دیکھتا ہوں، تو بہت کم فرق محسوس کرتا ہوں۔مگر یہ پہلی ساڑھی ہے اور جس کا گہرا بھورا رنگ صرف میری آنکھیں دیکھ سکتی ہیں وہ جیونا بائی کی ساڑھی ہے۔

شانتا بائی کی زندگی بھی اس ساڑھی کے رنگ کی طرح بھوری ہے۔شانتا بائی برتن مانجھنے کا کام کرتی ہے۔اس کی تین بچے ہیں ایک بڑی لڑکی ہے۔دو چھوٹے لڑکے ہیں۔ بڑی لڑکی کی عمر چھ سال کی ہوگی۔سب سے چھوٹا لڑکا دو سال کا ہے۔شانتا بائی کا خاوند سیؤں مل کے کپڑے کھاتے میں کام کرتا ہے۔اسے بہت جلدی جانا ہوتا ہے۔اس لئے شانتا بائی اپنے خاوند کے لئے دوسرے دن کی دوپہر کا کھانا رات ہی کو پکا رکھتی ہے۔کیوں کہ صبح اُسے خود برتن صاف کرنے کے لئے اور پانی ڈھونے کے لئے دوسرے گھروں میں جانا ہوتا ہے۔اور اب وہ ساتھ میں اپنی چھ

برس کی بچی کو بھی لے جاتی ہے۔اور دوپہر کے قریب چال میں واپس آتی ہے۔واپس آ کے وہ نہاتی ہے۔اور ساڑھی دھوتی ہے اور سکھانے کے لئے پل کے جنگلے پر ڈال دیتی ہے۔اور پھر ایک بے حد غلیظ اور پرانی دھوتی پہن کر کھانا پکانے جاتی ہے۔شانتابائی کے گھر کا چولہا اسی وقت سلگ سکتا ہے۔جب دوسروں کے یہاں چولہے ٹھنڈے ہوجائیں۔یعنی دوپہر کے دو بجے اور رات کے نو بجے۔ان اوقات کے اِدھر اور اُدھر اسے دونوں وقت گھر سے باہر برتن مانجھنے اور پانی ڈھونے کا کام کرنا ہوتا ہے۔اب تو چھوٹی لڑکی بھی اس کا ہاتھ بٹاتی ہے۔شانتابائی برتن صاف کرتی ہے۔چھوٹی لڑکی برتن دھوتی جاتی ہے۔دو تین بار ایسا بھی ہوا کہ چھوٹی لڑکی کے ہاتھ سے چینی کے برتن گر کر ٹوٹ گئے۔اب میں جب کبھی چھوٹی لڑکی کی آنکھیں سوجی ہوئی اور اس کے گال سُرخ دیکھتا ہوں تو سمجھ جاتا ہوں کہ کسی بڑے گھر میں چینی کے برتن ٹوٹے ہیں۔اس دن شانتا بھی میرے نمستے کا جواب نہیں دیتی۔جلتی بھنتی بڑبڑاتی چولہا سلگانے میں معروف ہوجاتی ہے۔اور چولہے میں آگ کم اور دھواں زیادہ نکالنے میں کامیاب ہوجاتی ہے۔چھوٹا لڑکا جو دو سال کا ہے دھویں سے اپنا دم گھٹتا دیکھ کر چیختا ہے۔تو شانتابائی اس کے چینی ایسے نازک رخساروں پر زور زور سے چپتیں لگانے سے باز نہیں آتی۔اس پر بچہ اور زیادہ چیختا ہے۔یوں تو یہ دن بھر روتا رہتا ہے کیوں کہ اسے دودھ نہیں ملتا۔اور اسے اکثر بھوک لگتی رہتی ہے اور دو سال کی عمر ہی میں اسے باجرے کی روٹی کھانا پڑتی ہے۔اسے اپنی ماں کا دودھ اپنے دوسرے بھائی بہن کی طرح صرف پہلے چھ سات ماہ نصیب ہوا وہ بھی بڑی مشکل سے۔پھر یہ بھی خشک باجری اور ٹھنڈے پانی پر پلنے لگا۔ہمارے چال کے بچے اسی خوراک پر پلتے ہیں۔وہ دن بھر ننگے رہتے ہیں اور رات کو گدڑی اوڑھ کر سو جاتے ہیں۔سوتے میں بھی وہ بھوکے رہتے ہیں اور جب شانتابائی کے خاوند کی طرح بڑے ہوجاتے ہیں تو دن بھر خشک باجری اور ٹھنڈا پانی پی ہی کر کام کرنے جاتے ہیں۔اور ان کی بھوک بڑھتی جاتی ہے۔اور ہر وقت معدے کے اندر اور دل کے اندر دماغ کے اندر ایک بوجھل سی دھمک محسوس کرتے رہتے ہیں۔اور جب پگار ملتی ہے تو ان میں سے کئی ایک سیدھے تاڑی خانے کا

رُخ کرتے ہیں۔ تاڑی پی کر چند گھنٹوں کے لئے یہ دھمک زائل ہو جاتی ہے۔ لیکن آدمی ہمیشہ تو تاڑی پی نہیں سکتا۔ ایک دن پئے گا دو دن پئے گا۔ تیسرے دن تاڑی کے لئے پیسے کہاں سے لائے گا۔ آخر کھولی کا کرایہ دینا ہے راشن کا خرچہ ہے۔ بھاجی ترکاری ہے۔ تیل اور نمک ہے۔ بجلی اور پانی ہے۔ شانتابائی کی بھوری ساڑھی ہے۔ جو چھٹے ساتویں ماہ تار تار ہو جاتی ہے۔ کبھی سات ماہ سے زیادہ نہیں چلتی۔ یہ مل والے بھی پانچ روپئے چار آنے میں کسی نکمی ساڑھی دیتے ہیں۔ اس کے کپڑے میں ذرا جان نہیں ہوتی۔ چھٹے ماہ سے جو تار تار ہونا شروع ہوتا ہے تو ساتویں ماہ بڑی مشکل سے سی کے، جوڑ کے، گانٹھ کے، ٹانکے لگا کے کام دیتا ہے۔ اور پھر وہی پانچ روپے چار آنے خرچ کرنے پڑتے ہیں اور وہی بھورے رنگ کی ساڑھی آجاتی ہے۔ شانتابائی کو یہ رنگ بہت پسند ہے۔ اس لئے کہ یہ میلا بہت دیر میں ہوتا ہے۔ اسے گھروں میں جھاڑو دینا ہوتی ہے۔ برتن صاف کرنے ہوتے ہیں۔ تیسری چوتھی منزل تک پانی ڈھونا ہوتا ہے۔ وہ بھورا رنگ نہیں پسند کرے گی تو کیا کھلتے ہوئے شوخ رنگ، گلابی، بسنتی، نارنجی پسند کرے گی ___ وہ اتنی بیوقوف نہیں ہے۔ دو تین بچوں کی ماں ہے۔ لیکن کبھی اس نے یہ شوخ رنگ بھی دیکھے تھے پہنے تھے۔ انھیں اپنے دھڑکتے ہوئے دل کے ساتھ پیار کیا تھا۔ جب وہ دھارواڑ میں اپنے گاؤں میں تھی۔ جہاں اس نے بادلوں میں شوخ رنگوں والی دھنک دیکھی تھی۔ جہاں میلوں میں اس نے شوخ رنگ ناچتے ہوئے دیکھے تھے جہاں اس کے باپ کے دھان کے کھیت تھے۔ ایسے شوخ ہرے ہرے رنگ کے کھیت اور آنگن میں پیرو کا پیڑ جس کے ڈال ڈال سے تو وہ توڑ توڑ کے کھایا کرتی تھی۔ جانے اب وہ پیروؤں میں مزا ہی نہیں ہے۔ وہ شیرینی اور گھلاوٹ ہی نہیں ہے۔ وہ رنگ، وہ چمک دمک کہاں جا کے مرگئی۔ وہ سارے رنگ کیوں یک لخت بھورے ہو گئے۔ شانتابائی کبھی برتن مانجتے مانجتے، کھانا پکاتے، اپنی ساڑھی دھوتی اسے پل کے جنگلے پر لا کر ڈالتے ہوئے یہ سوچا کرتی ہے اور اس کی بھوری ساڑھی سے پانی کے قطرے آنسوؤں کی طرح ریل کی پٹری پر بہتے جاتے ہیں اور دوسرے دیکھنے والے لوگ ایک بھورے رنگ کی بدصورت عورت کو پُل کے اوپر جنگلے میں

ایک بھوری ساڑھی کو پھیلاتے ہوئے دیکھتے ہیں اور بس دوسرے لمحے میں گاڑی پل کے نیچے سے گزر جاتی ہے۔

جیونا بائی کی ساڑھی جو شانتا بائی کی ساڑھی کے ساتھ لٹک رہی ہے گہرے بھورے رنگ کی ہے۔ بظاہر اس کا رنگ شانتا بائی کی ساڑھی سے بھی پھیکا نظر آئے گا۔ لیکن اگر آپ اسے غور سے دیکھیں گے تو اس پھیکے پن کے باوجود یہ آپ کو گہرے بھورے رنگ کی نظر آئے گی۔ یہ بھی پانچ روپے چار آنے کی ہے اور بڑی ہی بوسیدہ ہے۔ دو ایک جگہ سے پھٹی ہوئی تھی لیکن اب وہاں پر ٹانکے لگ گئے ہیں۔ اور اتنی دور سے معلوم بھی ہوتے ہیں۔ ہاں آپ وہ بڑا ٹکڑا ضرور دیکھ سکتے ہیں جو گہرے نیلے رنگ کا ہے۔ اور اس ساڑھی کے بیچ میں جہاں سے یہ ساڑھی بہت پھٹ چکی تھی، لگایا گیا ہے۔ یہ ٹکڑا جیونا بائی کی اس پہلی ساڑھی کا ہے اور اس دوسری ساڑھی کو مضبوط بنانے کے لئے استعمال کیا گیا ہے۔ جیونا بائی بیوہ ہے۔ اس لئے وہ ہمیشہ پرانی چیزوں سے نئی چیزوں کو مضبوط بنانے کے ڈھنگ سوچا کرتی ہے۔ پرانی یادوں سے نئی یادوں کو تلخیوں کو بھول جانے کی کوشش کیا کرتی ہے۔ جیونا بائی اپنے اس خاوند کے لئے روتی رہتی ہے۔ جس نے ایک دن اسے نشے میں مار مار کر اس کی آنکھ کانی کر ڈالی تھی۔ وہ اس لئے نشے میں تھا وہ اس روز مل سے نکالا گیا تھا۔ بڈھا ڈھونڈا اب مل میں کسی کام کا نہیں رہا تھا۔ گو وہ بہت تجربہ کار تھا لیکن اس کے ہاتھوں میں اتنی طاقت نہ رہی تھی کہ وہ جوان مزدوروں کا مقابلہ کر سکتا۔ بلکہ وہ تو اب دن رات کھانسی میں مبتلا رہنے لگا تھا۔ کپاس کے ننھے ننھے ریشے اس کے پھیپھڑوں میں جا کے ایسے دھنس گئے تھے جیسے چرخیوں اور انٹیوں میں سوت کے چھوٹے چھوٹے مہین دھاگے پھنس جاتے ہیں۔ جب برسات آتی تو یہ ننھے ریشے اسے دمے میں مبتلا کر دیتے۔ اور جب برسات نہ ہوتی تو وہ دن بھر رات بھر کھانستا۔ ایک خشک اور مسلسل کھنکھار گھر میں اور کارخانے میں جہاں وہ کام کرتا تھا سنائی دیتی رہتی۔ مل کے مالک نے اس کھانسی کی خطرناک گھنٹی کو سنا اور ڈھونڈو کو مل سے نکال دیا۔ ڈھونڈو داس رہ رہ کے چھ ماہ بعد مر گیا۔ جیونا بائی کو اس کے مرنے کا بہت غم ہوا کیا ہوا اگر غصے میں آکر اس

نے جیونا بائی کی آنکھ نکال لی۔ تیس سال شادی شدہ زندگی ایک لمحے کے غصے پر قربان نہیں کی جاسکتی اور اس کا غصہ بجا تھا۔ اگر مل مالک ڈھونڈو کو یوں بے قصور نوکری سے الگ نہ کرتا تو کیا جیونا کی آنکھ نکل سکتی تھی۔ ڈھونڈو ایسا نہ تھا۔ اسے اپنی بے کاری کا غم تھا۔ اپنی ۳۵ سالہ ملازمت سے برطرف ہونے کا غم تھا اور سب سے بڑا رنج اس بات کا تھا کہ مل مالک نے چلتے وقت اسے ایک دھیلا بھی تو نہیں دیا۔ ۳۵ سال پہلے جیسے ڈھونڈو خالی ہاتھ مل میں کام کرنے کے لئے آیا تھا۔ اسی طرح خالی ہاتھ واپس لوٹا۔ اور دروازے سے باہر نکلنے پر اپنا نمبری کارڈ پیچھے چھوڑ آنے پر اسے ایک دھچکا سا لگا۔ باہر آکے اُسے ایسا معلوم ہوا جیسے ان ۳۵ سالوں میں کسی نے اس کا سارا رنگ، سارا خون، اس کا سارا رس چوس لیا ہو۔ اور اسے بیکار سمجھ کر باہر کوڑے کرکٹ کے ڈھیر پر پھینک دیا ہو۔ اور ڈھونڈو بڑی حیرت سے مل کے دروازے کو اور اس بڑی چمنی کو دیکھنے لگا جو بالکل اس کے سر پر ایک خوفناک دیو کی طرح آسمان سے لگی کھڑی تھی۔ یکا یک ڈھونڈو نے غم اور غصے سے اپنے ہاتھ ملے۔ زمین پر زور سے تھوکا اور پھر تاڑی خانے میں چلا گیا۔

لیکن جیونا کی ایک آنکھ جب بھی نہ جاتی۔ اگر اس کے پاس علاج کے لئے پیسے ہوتے۔ وہ آنکھ تو گل گل کر، سڑ سڑ کر، خیراتی ہسپتالوں میں ڈاکٹروں، کمپونڈروں اور نرسوں کی بد احتیاطی اور گالیوں اور لاپرواہیوں کا شکار ہوگئی۔ اور جب جیونا اچھی ہوگئی تو ڈھونڈو بیمار پڑ گیا اور ایسا بیمار پڑا کہ پھر بستر سے نہ اٹھ سکا۔ ان دنوں میں جیونا اس کی دیکھ بھال کرتی تھی۔ شانتا بائی نے مدد کے طور پر اسے چند گھروں میں برتن مانجنے کا کام دلوا دیا تھا۔ اور گو وہ اب بوڑھی تھی۔ اور مشاقی اور صفائی سے برتنوں کو صاف نہ رکھ سکتی تھی۔ پھر بھی وہ آہستہ آہستہ رینگ رینگ کر اپنے کمزور ہاتھوں میں جھوٹی طاقت کے بودے سہارے پر جیسے تیسے کام کرتی رہی۔ خوبصورت لباس پہننے والی، خوشبو دار تیل لگانے والی بیویوں کی گالیاں سُنتی رہی۔ اور کام کرتی رہی۔ کیونکہ اس کا ڈھونڈو بیمار تھا اور اسے اپنے آپ کو اور اپنے خاوند کو زندہ رکھنا تھا۔ لیکن ڈھونڈو زندہ نہ رہا اور اب جیونا بائی اکیلی تھی۔ خیریت اس میں تھی کہ بالکل اکیلی تھی۔ اور اب اسے صرف اپنا دھندا کرنا تھا۔ شادی کے دو

سال بعد اس کے ہاں ایک لڑکی پیدا ہوئی۔ لیکن جب وہ جوان ہوئی تو کسی بد معاش کے ساتھ بھاگ گئی اور اس کا آج تک کسی کو پتہ نہ چلا کہ وہ کہاں ہے۔ پھر کسی نے بتایا اور پھر بعد میں بہت سے لوگوں نے بتایا تو جیونا بائی کو یقین نہیں آیا۔ اس نے اپنی ساری زندگی پانچ روپے چار آنے کی دھوتی پہنے بسر کر دی تھی اور اسے یقین تھا کہ اس کی لڑکی بھی ایسا کرے گی۔ وہ ایسا نہ کرے گی، اس کا اسے کبھی خیال بھی نہیں آیا تھا۔ وہ کبھی فارس روڈ نہیں گئی کیونکہ اسے اس کا یقین تھا کہ اس کی بیٹی وہاں نہیں ہے۔ بھلا اس کی بیٹی وہاں کیوں جانے لگی۔ یہاں اپنی کھولی میں کیا نہیں تھا۔ پانچ روپے چار آنے والی دھوتی تھی۔ باجرے کی روٹی تھی۔ ٹھنڈا پانی تھا۔ سوکھی عزت تھی۔ اور یہ سب کچھ چھوڑ کے وہ فارس روڈ پر کیوں جانے لگی۔ اسے تو کوئی بد معاش اپنی محبت کا سبز باغ دکھا کے لے گیا تھا۔ کیوں کہ عورت محبت کے لئے سب کچھ کر گزرتی ہے۔ خود وہ تیس سال پہلے اپنے ڈھونڈو کے لئے اپنے ماں باپ کا گھر چھوڑ کر یہیں چلی آئی تھی۔ جس دن ڈھونڈو مرا اور جو لوگ اس کی لاش کو جلانے کے لئے لے جانے لگے اور جیونا نے اپنی سیندور کی ڈبیا اپنی بیٹی کی انگیا پر انڈیل دی۔ جو اس نے بڑی مدت سے ڈھونڈو کی نظروں سے چھپا کر رکھی تھی۔ عین اسی وقت ایک گدرائے ہوئے جسم کی بھاری عورت بڑا چمکیلا لباس پہنے اس سے آکے لپٹ گئی اور پھوٹ پھوٹ کر رونے لگی۔ اور اسے دیکھ کر جیونا کو یقین آ گیا کہ جیسے اب سب کچھ مر گیا ہے اس کا پتی اس کی بیٹی، اس کی عزت، جیسے وہ زندگی بھر روتی نہیں، غلاظت کھاتی رہی ہے۔ جیسے اس کے پاس کچھ نہیں تھا، شروع ہی سے کچھ نہیں تھا۔ پیدا ہونے سے پہلے ہی اس سے سب کچھ چھین لیا گیا تھا۔ اسے نہتا، ننگا اور بے عزت کر دیا گیا تھا اور جیونا کو ایک لمحے میں احساس ہوا کہ وہ جگہ جہاں اس کا خاوند زندگی بھر کام کرتا رہا اور وہ جہاں اس کی آنکھ اندھی ہو گئی اور وہ جگہ جہاں اس کی بیٹی اپنی دکان سجا کر بیٹھ گئی، ایک بہت بڑا اندھا کارخانہ ہے جس میں کوئی ظالم جابر ہاتھ انسانی جسموں کا رس نکالنے کے لئے گنے کا رس نکالنے والی مشین میں ٹھونستا جاتا ہے اور دوسرے ہاتھ سے توڑ مروڑ کر دوسری طرف پھینکتا جاتا ہے۔ اور یکا یک جیونا اپنی بیٹی کو دھکا دے کر الگ کھڑی ہو گئی اور

چیخیں مار مار کر رونے لگی۔

تیسری ساڑھی کا رنگ مٹ میلا نیلا ہے یعنی نیلا بھی ہے اور میلا بھی ہے۔ اور مٹیالا بھی ہے کچھ ایسا عجیب سا رنگ ہے جو بار بار دھونے پر بھی نہیں نکھرتا اور غلیظ ہوتا جاتا ہے۔ یہ میری بیوی کی ساڑھی ہے۔ میں فورٹ میں دھنو بھائی کی فرم میں کلرکی کرتا ہوں۔ پینسٹھ روپے تنخواہ ملتی ہے۔ سیونؔ مل اور بکسریا مل کے مزدوروں کو بھی یہی تنخواہ ملتی ہے۔ اس لئے میں بھی انہیں کے ساتھ آٹھ نمبر کی چال کی ایک کھولی رہتا ہوں ۔ میں دسویں پاس ہوں۔ ٹائپ کر سکتا ہوں۔ میں انگریزی میں لکھ سکتا ہوں۔ میں اپنے وزیر اعظم کی تقریر جلسے میں سُن کر سمجھ بھی لیتا ہوں۔ آج تھوڑی دیر بعد ان کی گاڑی مہالکشمی پر آئے گی۔ نہیں وہ ریس کورس نہیں جائیں گے۔ وہ سمندر کے کنارے ایک شاندار تقریر کریں گے۔ اس موقع پر لاکھوں آدمی جمع ہوں گے۔ ان لاکھوں میں بھی ایک ہوں گا۔ میری بیوی کو اپنے وزیر اعظم کی باتیں سننے کا بہت شوق ہے۔ مگر اسے اپنے ساتھ نہیں لے جاسکتا کیوں کہ ہمارے آٹھ بچے ہیں اور گھر میں ہر وقت پریشانی سی رہتی ہے۔ جب دیکھو کوئی نہ کوئی چیز کم ہو جاتی ہے۔ راشن تو روز کم پڑتا ہے۔ اب نل میں پانی بھی کم آتا ہے۔ رات کو سونے کے لئے جگہ بھی کم پڑتی ہے اور تنخواہ تو اس قدر کم پڑتی ہے کہ مہینے میں صرف پندرہ دن چلتی ہے۔ باقی پندرہ دن سود خور پٹھان چلاتا ہے۔ اور وہ بھی کیسے گالیاں بکتے جھکتے گھسٹ گھسٹ کر کسی سُست رفتار مال گاڑی کی طرح یہ زندگی چلتی ہے۔

میرے آٹھ بچے ہیں مگر یہ اسکول میں نہیں پڑھ سکتے۔ میرے پاس ان کی فیس کے پیسے کبھی نہ ہوں گے۔ پہلے پہل جب میں نے بیاہ کیا تھا تو ساوتری کو اپنے گھر یعنی کھولی میں لایا تھا۔ تو میں نے سوچا تھا ان دنوں ساوتری بھی بڑی اچھی باتیں سوچا کرتی تھی۔ گوبھی کے نازک نازک پتوں کی طرح پیاری پیاری باتیں۔ جب وہ مسکراتی تو سنیما کی تصویر کی طرح خوبصورت دکھا کرتی۔ اب وہ مسکراہٹ نہ جانے کہاں چلی گئی ہے اس کی جگہ ایک مستقل تیوری نے جگہ لے لی ہے، وہ ذرا سی بات پر بچوں کو بے تحاشہ پیٹنا شروع کر دیتی ہے۔ اور میں تو کچھ بھی کہوں کیسے بھی کہوں

کتنی ہی لجاجت سے کہوں وہ تو مجھے کاٹ کھانے کو دوڑتی ہے۔ پتہ نہیں ساوتری کو کیا ہو گیا ہے پتہ نہیں مجھے کیا ہو گیا ہے۔ میں دفتر میں سیٹھ کی گالیاں سنتا ہوں۔ گھر پر بیوی کی گالیاں سنتا ہوں۔ اور ہمیشہ خاموش رہتا ہوں۔ کبھی کبھی سوچتا ہوں کہ شاید میری بیوی کو ایک نئی ساڑھی کی ضرورت ہے۔ شاید اسے صرف ایک نئی ساڑھی ہی نہیں، ایک نئے چہرے، ایک نئے گھر، ایک نئے، ماحول ایک نئی زندگی کی ضرورت ہے، مگر اب ان باتوں کو سوچنے سے کیا ہوتا ہے۔ اب تو آزادی آ گئی ہے اور ہمارے وزیراعظم نے بھی کہہ دیا ہے کہ اس نسل کو یعنی ہم لوگوں کو اپنی زندگی میں کوئی آرام نہیں مل سکتا۔ میں نے ساوتری کو اپنے وزیراعظم کی تقریر جو اخبار میں پڑھی تھی سنائی تو وہ سُن کر آگ بگولہ ہو گئی اور اس نے غصے میں آ کر چولہے کے قریب پڑا چمٹا میرے سر پر دے مارا۔ یہ زخم کا نشان جو آپ میرے ماتھے پر دیکھ رہے ہیں اسی کا نشان ہے۔ میری بیوی کے چہرے پر کئی نشان ہیں۔ مگر آپ انہیں نہیں دیکھ سکیں گے۔ میں دیکھ سکتا ہوں۔ ان میں سے ایک نشان تو اس مونگیا رنگ کی جارجٹ کی ساڑھی کا ہے جو اس نے اوپیرا ہاؤس کے نزدیک بھیجی مل بھوندورام پارچہ فروش کی دکان پر دیکھی تھی۔ ایک نشان اس کھلونے کا ہے جو پچیس روپے کا تھا۔ اور جسے دیکھ کر میرا بچہ خوشی سے کلکاریاں مارنے لگا تھا۔ لیکن جسے ہم خرید نہ سکے۔ اور جسے نہ پا کر میرا بچہ دن بھر روتا رہا۔ ایک نشان اس تار کا ہے جو ایک دن جبل پور سے آیا تھا۔ جس میں ساوتری کی ماں کی شدید حالت کی خبر تھی۔ ساوتری جبل پور جانا چاہتی تھی۔ لیکن ہزار کوشش کے بعد بھی مجھے کسی سے روپے اُدھار نہ مل سکے۔ اور ساوتری جبل پور نہ جا سکی۔ ایک نشان اس تار کا ہے جس میں اس کی ماں کی موت کا ذکر تھا۔ ایک نشان .... مگر میں کس کس نشان کا ذکر کروں۔ وہ چھلے چھلے، گدلے گدلے غلیظ داغ سے ساوتری کی پانچ روپے چار آنے والی ساڑھی میں منتقل ہوتے جائیں گے۔

چوتھی ساڑھی قرمزی رنگ کی ہے اور قرمزی رنگ میں بھورا رنگ بھی جھلک رہا ہے۔ یوں تو یہ سب مختلف رنگوں کی ساڑھیاں ہیں لیکن بھورا رنگ ان سب میں جھلکتا ہے۔ ایسا معلوم ہوتا ہے

جیسے ان سب کی زندگی ایک ہے۔ جیسے ان کی قیمت ایک ہے۔ جیسے یہ سب زمین سے کبھی اوپر نہیں اٹھیں گی۔ جیسے انہوں نے کبھی ہنستی ہوئی دھنک، افق پر چمکتی شفق، بادلوں میں لہراتی ہوئی برق نہیں دیکھی ہے۔ جیسے شانتا بائی کی جوانی ہے وہ۔ جیونا کا بڑھاپا ہے۔ وہ ساوتری کا ادھڑ پن ہے۔ جیسے یہ سب ساڑھیاں زندگیاں، ایک رنگ ایک سطح ایک تواتر ایک مسلسل یکسانیت لئے ہوئے ہوا میں جھولتی ہیں۔

یہ قرمزی بھورے رنگ کی ساڑھی جھبّو بھیّے کی عورت کی ہے۔ میری بیوی اس سے کبھی بات نہیں کرتی۔ کیوں کہ ایک تو اس کے بچہ وچہ نہیں ہے۔ اور ایسی عورت جس کے کوئی بچہ نہیں ہو بڑی بے حس ہوتی ہے۔ وہ جادو ٹونے کر کے دوسرے کے بچوں کو مار ڈالتی ہے۔ اور بدروحوں کو بلا کے اپنے گھر میں بسا لیتی ہے۔ میری بیوی اسے کبھی منہ نہیں لگاتی۔ یہ عورت جھبّو بھیا نے خرید کر حاصل کی ہے۔ جھبّو بھیّا مراد آباد کا رہنے والا ہے۔ لیکن بچپن ہی سے اپنا دیس چھوڑ کر ادھر چلا آیا۔ وہ مراٹھی اور گجراتی زبان میں بڑے مزے سے گفتگو کر سکتا ہے۔ اسی وجہ سے اسے بہت جلد پوروائل کے گنی کھاتے میں جگہ مل گئی۔ جھبّو بھیّا کو شروع ہی سے بیاہ کا بہت شوق تھا۔ اسے بیڑی کا، تاڑی کا کسی چیز کا شوق نہیں تھا۔ شوق تھا تو صرف اس بات کا کہ اس کی شادی جلد سے جلد ہو جائے۔ جب اس کے پاس ستر اسی روپئے اکٹھا ہو گئے تو اس نے اپنے دیس جانے کی ٹھانی۔ تاکہ وہاں اپنی برادری سے کسی کو بیاہ لائے۔ مگر پھر اس نے سوچا ان ستر اسی روپیوں میں کیا ہوگا۔ آنے جانے کا کرایہ بھی بڑی مشکل سے پورا ہوگا۔ چار سال کی محنت کے بعد اس نے یہ رقم جوڑی تھی۔ لیکن اس رقم سے وہ مراد آباد جا سکتا تھا۔ جا کے شادی نہیں کر سکتا تھا اس لئے جھبّو بھیّا نے یہیں ایک بدمعاش سے بات چیت کر کے اس عورت کو سو روپئے میں خرید لیا۔ اسی روپیہ اس نے نقد دیئے بیس روپئے اُدھار میں رہے جو اس نے ایک سال کے عرصے میں ادا کیے۔ بعد میں جھبّو کو معلوم ہوا کہ یہ عورت بھی مراد آباد کی رہنے والی تھی۔ دھیرج کے گاؤں کی اور اس کی برادری ہی کی تھی۔ جھبّو بڑا خوش ہوا۔ چلو یہیں بیٹھے بیٹھے سب کام ہو گیا۔ اپنی ذات برادری کی اپنے ضلع کی،

اپنے دھرم کی عورت یہیں بیٹھے بٹھائے سو روپے میں مل گئی۔ اس نے بڑے چل چلاؤ سے اپنا بیاہ رچایا۔ اور پھر اُسے معلوم ہوا کہ اس کی بیوی لڑیا بہت اچھا گاتی ہے۔ وہ خود بھی اپنی پاٹ دار آواز میں زور سے گانے بلکہ گانے سے زیادہ چلّانے کا شوقین تھا۔ اب تو کھولی میں دن رات گویا کسی نے ریڈیو کھول دیا ہو۔ دن میں کھولی میں لڑیا کام کرتے ہوئے گاتی تھی۔ رات کو جھبّو اور لڑیا دونوں گاتے تھے۔ اِن کے یہاں کوئی بچہ نہ تھا۔ لڑیا میں ایک اور بات بھی تھی۔ جھبّو نہ بیڑی پیتا۔ نہ سگریٹ۔ نہ تاڑی۔ لڑیا بیڑی سگریٹ تاڑی سبھی کچھ پیتی تھی۔ کہتی تھی پہلے وہ سب کچھ نہیں جانتی تھی۔ مگر جب بدمعاش کے پلّے پڑی اسے یہ سب باتیں سیکھنا پڑیں۔ اور اب وہ ان سب باتیں تو چھوڑ سکتی ہے مگر بیڑی اور تاڑی نہیں چھوڑ سکتی۔ کئی بار تاڑی پی کر لڑیا نے جھبو پر حملہ کیا۔ اور جھبّو نے اسے روئی کی طرح دھنک کر رکھ دیا۔ اس موقع پر تو وہ بہت شور مچاتا تھا۔ اور رات کو دونوں کو گالیاں بکتے جو وہ دونوں کو بکتے دیکھ کر پنجرے میں ٹنگا ہوا طوطا زور زور سے چلّا کر وہی گالیاں بکتا جو وہ دونوں بکتے تھے۔ ایک بار تو اس کی گالی سن کر جھبّو غصّے میں آکر طوطے کو پنجرے سمیت بدرو میں پھینکنے لگا تھا۔ مگر جیونا نے بیچ میں پڑ کر طوطے کو بچا لیا۔ طوطے کو مارنا بڑا پاپ ہے۔ جیونا نے کہا۔ تمھیں برہمنوں کو بلا کے پرائشچت کرنا پڑے گا اور تمہارے پندرہ بیس روپے کھل جائیں گے۔ یہ سوچ کر جھبّو نے طوطے کو بدرو میں غرق کرنے کا خیال ترک کر دیا۔

شروع شروع میں تو وہ جھبّو کو ایسی شادی پر چاروں طرف سے گالیاں پڑیں۔ وہ خود بھی لڑیا کو بڑے شبہ کی نظروں سے دیکھتا رہا اور کئی بار اُسے بلا وجہ پیٹا اور خود بھی مل سے غیر حاضر رہ کر اس کی نگرانی کرتا رہا۔ مگر آہستہ آہستہ لڑیا نے اپنا اعتبار ساری چال میں قائم کر لیا۔ لڑیا کہتی کہ کوئی عورت سچے دل سے بدمعاشوں کے پلّے پڑنا پسند نہیں کرتی۔ وہ تو ایک گھر چاہتی ہے چاہے وہ چھوٹا ہی سا گھر ہو۔ وہ ایک خاوند چاہتی ہے جو اس کا اپنا ہو۔ چاہے وہ جھبّو بھیّا ایسا شور مچانے والا، زبان دراز، شیخی خورا ہی کیوں نہ ہو۔ وہ ایک ننھا بچہ چاہتی ہے چاہے وہ کتنا ہی بدصورت کیوں نہ ہو۔ اور اب لڑیا کے پاس گھر بھی تھا اور جھبّو بھی تھا اور اگر بچہ نہیں تھا تو کیا ہوا ہو جائے گا۔ اور اگر

نہیں ہوتا تو بھگوان کی مرضی۔ یہ میاں مٹھو ہی اس کا بیٹا بنے گا۔

ایک روز لڑیا اپنے میاں مٹھو کا پنجرہ جھلا رہی تھی۔ اور اسے چوری کھلا رہی تھی اور اپنے دن کے سپنوں میں اس ننھے سے بالک کو دیکھ رہی تھی جو فضا میں ہمکتا ہمکتا اس کی آغوش کی طرف بڑھتا چلا آرہا تھا کہ چال میں شور سا بڑھنے لگا۔ اور اس نے اس دروازے سے جھانک کر دیکھا کہ چند مزدور جھمّبو کو اٹھائے چلے آرہے ہیں۔ اور ان کے کپڑے خون سے رنگے ہوئے ہیں۔ لڑیا کا دل دھک سے رہ گیا۔ وہ بھاگتی بھاگتی نیچے گئی۔ اور اس نے بڑی درشتی سے اپنے خاوند کو مزدوروں سے چھین کر اپنے کندھے پر اُٹھا لیا۔ اور اپنی کھولی میں لے آئی۔۔ پوچھنے پر پتہ چلا کہ جھمّبو سے کسی کھاتے کے مینجر نے کچھ ڈانٹ ڈپٹ کی۔ اس پر جھمّبو نے بھی اسے دو ہاتھ جڑ دیئے۔ اس پر بہت واویلا مچا دی۔ اور مینجر نے اپنے بدمعاشوں کو بلا کر جھمّبو کی خوب ٹھکائی کی۔ اور اسے مل سے باہر نکال دیا۔ خیریت ہوئی کہ جھمّبو بچ گیا۔ ورنہ اس کے مرنے میں کوئی کسر نہیں تھی۔ لڑیا نے بڑی ہمت سے کام لیا۔ اس نے اسی روز سے اپنے سر پر ٹوکری اُٹھا لی۔ اور گلی گلی ترکاری بھاجی بیچنے لگی۔ جیسے وہ زندگی میں یہی دھندا کرتی آئی تھی۔ اس طرح محنت مزدوری کر کے اس نے اپنے جھمّبو کو اچھا کر لیا۔ جھمّبو اب بھلا چنگا ہے مگر اب اسے کسی مل میں کام نہیں ملتا۔ وہ دن بھر اپنی کھولی میں کھڑا مہالکشمی کے اسٹیشن کے چاروں طرف بلند و بالا کارخانوں کی چمنیوں کو تکتا رہتا ہے۔ سیئن مل، نیو مل، اولڈ مل، معراج مل۔ لیکن اس کے لئے کسی مل کی جگہ نہیں ہے۔ کیونکہ مزدور کو گالی کھانے کا حق ہے۔ گالی دینے کا حق نہیں ہے۔ آج کل لڑیا بازاروں اور گلیوں میں آوازیں دے کر بھاجی ترکاری فروخت کرتی ہے۔ اور گھر کا سارا کام کاج بھی کرتی ہے۔ اس نے بیڑی، تاڑی سب چھوڑ دی ہے۔ وہاں اس کی ساڑھی، قرمزی بھورے رنگ کی ساڑھی جگہ جگہ سے پھٹتی جا رہی ہے۔ تھوڑے دنوں تک اور اگر جھمّبو کو کام نہ ملا تو لڑیا کو اپنی ساڑھی میں پرانی ساڑھیوں کے ٹکڑے جوڑنا پڑیں گے۔ اور اپنے میاں مٹھو کو چوری کھلانا بند کرنا پڑے گا۔

پانچویں ساڑھی کا کنارا گہرا نیلا ہے۔ ساڑھی کا رنگ گدلا سُرخ ہے، لیکن کنارا گہرا نیلا

ہے۔ اور اُس نیلے رنگ میں اب بھی کہیں کہیں چمک باقی ہے۔ یہ ساڑھی دوسری ساڑھیوں سے بڑھیا ہے۔ کیونکہ یہ ساڑھی پانچ روپئے چار آنے کی نہیں ہے۔ اس کا کپڑا، اس کی چمک دمک کہہ دیتی ہے کہ یہ ان سے ذرا مختلف ہے۔ آپ کو دور سے یہ مختلف معلوم ہوتی ہوگی۔ مگر میں جانتا ہوں کہ یہ ان سے ذرا مختلف ہے۔ اس کا کپڑا بہتر ہے۔ اس کا کنارا چمک دار ہے۔ اس کی قیمت پونے نو روپئے ہے۔ یہ ساڑھی منجولا کی ہے۔ یہ ساڑھی منجولا کے بیاہ کی ہے۔ منجولا کے بیاہ کو ابھی چھ ماہ بھی نہیں ہوئے ہیں۔ اس کا خاوند گذشتہ ماہ چرخی کے گھومتے ہوئے پٹے کی لپیٹ میں آ کے مارا گیا تھا۔ اور اب سولہ برس کی خوب صورت منجولا بیوہ ہے۔ اس کا دل جوان ہے۔ اس کا جسم جوان ہے۔ اس کی امنگیں جوان ہیں لیکن اب وہ کچھ نہیں کر سکتی۔ کیوں کہ اس کا خاوند مِل کے ایک حادثے میں مر گیا ہے۔ وہ پٹہ بڑا ڈھیلا تھا اور گھومتے ہوئے بار بار پھٹپھٹاتا تھا اور کام کرنے والوں کے احتجاج کے باوجود اسے مل مالکوں نے نہیں بدلا تھا۔ کیوں کہ کام چل رہا تھا اور دوسری صورت میں تھوڑی دیر کے لئے کام بند کرنا پڑتا۔ پٹہ کو تبدیل کرنے کے لئے روپیہ بھی خرچ ہوتا۔ مزدور تو کسی وقت بھی تبدیل کیا جاسکتا ہے۔ اس کے لئے روپیہ تھوڑی خرچ ہوتا ہے لیکن پٹہ تو بڑی قیمتی شے ہے۔

جب منجولا کا خاوند مارا گیا تو منجولا نے ہرجانے کی درخواست دی۔ جو نا منظور ہوئی۔ کیوں کہ وہ اپنی غفلت سے مرا تھا۔ اس وجہ سے منجولا کو کوئی ہرجانہ نہ ملا۔ اور وہ اپنی وہی نئی دُلہن کی ساڑھی پہنے رہی جو اس کے خاوند نے پونے نو روپئے میں اس کے لئے خریدی تھی۔ کیوں کہ اُس کے پاس کوئی دوسری ساڑھی نہیں تھی۔ جو وہ اپنے خاوند کے مر جانے کے بعد بھی دولہن کا لباس پہننے پر مجبور تھی۔ اور جو ساڑھی تھی وہ یہی گدلے سرخ رنگ کی۔ پونے نو روپئے کی ساڑھی جس کا رنگ گہرا نیلا ہے۔

شاید اب منجولا بھی پانچ روپئے چار آنے کی ساڑھی پہنے گی۔ اس کا خاوند زندہ رہتا جب وہ دوسری ساڑھی پانچ روپئے چار آنے کی لاتی۔ اس لحاظ سے اس کی زندگی میں کوئی خاص فرق نہیں

آیا۔مگر فرق اتنا ضرور ہوا ہے کہ وہ یہ ساڑھی آج پہننا چاہتی ہے۔ایک سفید ساڑھی پانچ روپے چار آنے والی جسے پہن کر وہ دلہن نہیں، بیوہ معلوم ہو سکے۔یہ ساڑھی اسے دن رات کاٹ کھانے کو دوڑتی ہے۔اس ساڑھی سے جیسے اس کے مرحوم خاوند کی مضبوط باہیں لپٹی ہیں جیسے اس کے ہر تار پر اُس کے شفاف بوسے مرتسم ہیں، جیسے اس کے تانے بانے میں اس کے خاوند کی گرم گرم سانسوں کی حدّت آمیز غنودگی ہے۔اس کے سیاہ بالوں والی چھاتی کا سارا پیار دفن ہے۔جیسے یہ ساڑھی نہیں ہے۔ایک گہری قبر ہے جس کی ہولناک پہنائیوں کو وہ ہر وقت اپنے جسم کے اردگرد لپیٹ لینے پر مجبور ہے۔منجولا زندہ قبر میں گاڑی جا رہی ہے۔

چھٹی ساڑھی کا رنگ لال ہے۔لیکن اسے یہاں نہیں ہونا چاہئے کیوں کہ اسے پہننے والی مر چکی ہے۔پھر بھی یہ ساڑھی یہاں جنگلے پر بدستور موجود ہے۔روز کی طرح دُھلی دُھلائی ہوا میں جھول رہی ہے۔یہ مائی کی ساڑھی ہے جو ہماری چال کے دروازہ کے قریب اندر کھلے آنگن میں رہا کرتی تھی۔مائی کا ایک بیٹا تھا سیتو، وہ اب جیل میں ہے سیتو کی بیوی اور اس کا لڑکا یہیں نیچے آنگن میں دروازے کے قریب دیوارے کے نیچے پڑے رہتے ہیں۔دستور اور سیتو کی بیوی اور اس کی لڑکی اور بڑھیا مائی یہ سب لوگ ہماری چال کے بھنگی ہیں۔ان کے لئے کھولی بھی نہیں ہے۔اور ان کے لئے اتنا کھانا کپڑا بھی نہیں ملتا جتنا ہم لوگوں کو ملتا ہے اس لئے یہ لوگ آنگن میں رہتے ہیں، وہیں کھانا پکاتے ہیں، وہیں پڑ کے سو رہتے ہیں۔یہیں یہ بڑھیا مائی ماری گئی تھی۔وہ بڑا سوراخ جو آپ اس ساڑھی میں دیکھ رہے ہیں۔پلو کے قریب، یہ گولی کا سوراخ ہے۔یہ کارتوس کی گولی مائی کو بھنگیوں کے ہڑتال کے دنوں میں لگی تھی۔نہیں، وہ اس ہڑتال میں حصہ نہیں لے رہی تھی، وہ بے چاری تو بہت بوڑھی تھی پھر نہ سکتی تھی۔اس ہڑتال میں تو اس کا بیٹا سیتو اور دوسرے بھنگی شامل تھے۔یہ لوگ مہنگائی مانگتے تھے۔اور کھولی کا کرایہ مانگتے تھے یعنی اپنی زندگی کے لئے دو وقت کی روٹی کپڑا اور سر پر ایک چھت چاہتے تھے اس لئے ان لوگوں نے ہڑتال کی تھی اور جب ہڑتال خلاف قانون قرار دے دی گئی تو ان لوگوں نے جلوس نکالا۔اور اس جلوس میں مائی کا بیٹا سیتو آگے

آگے تھا اور خوب زور شور سے نعرے لگاتا تھا اور پھر جب جلوس بھی خلاف قانون قرار دیا گیا تو گولی چلی اور ہماری چال کے سامنے چلی۔ ہم لوگوں نے اپنے دروازے بند کر لئے لیکن گھبراہٹ میں چال کا دروزہ بند کرنا کسی کو یاد ن رہا۔ اور پھر ہم کو اپنے بند کمروں میں ایسا معلوم ہوا گویا اِدھر سے اُدھر سے چاروں طرف ریل چل رہی ہو۔ تھوڑی دیر کے بعد بالکل سناٹا ہو گیا۔ اور جب ہم لوگوں نے ڈرتے ڈرتے دروازہ کھولا اور باہر جھانک کر دیکھا تو جلوس تتر بتر ہو چکا تھا۔ اور ہماری چال کے دروازے کے قریب بڑھیا پڑی تھی۔ یہ اسی بڑھیا کی لال ساڑھی ہے جس کا بیٹا سیتو اب جیل میں ہے۔ اس لال ساڑھی کو اب بُوھیا کی بہو پہنتی ہے۔ اس ساڑھی کو بڑھیا کے ساتھ جلا دینا چاہئے تھا مگر کیا کیا جائے تن ڈھکنا زیادہ ضروری ہے۔ مردوں کی عزت اور احترام سے بھی کہیں زیادہ ضروری ہے کہ زندوں کا تن ڈھکا جائے۔ یہ ساڑھی جلنے جلانے کے لئے نہیں ہے، تن ڈھکنے کے لئے ہے۔ ہاں کبھی کبھی سیتو کی بیوی اس کے پلو سے اپنے آنسو پونچھ لیتی ہے۔ کیوں کہ اس میں پچھلے اسّی برسوں کے سارے آنسوں اور ساری اُمنگیں اور ساری فتحیں اور شکستیں جذب ہیں۔ آنسو پونچھ کر سیتو کی بیوی پھر اسی ہمت سے کام کرنے لگتی ہے۔ جیسے کچھ ہوا ہی نہیں، کہیں گولی نہیں چلی، کوئی جیل نہیں گیا۔ بھنگن کی جھاڑو اسی طرح چلنے لگی۔

اے لو، باتوں باتوں میں وزیر اعظم صاحب کی گاڑی نکل گئی۔ وہ یہاں نہیں ٹھہری میں سمجھتا تھا وہ یہاں ضرور ٹھہرے گی۔ وزیر اعظم صاحب درشن دینے کے لئے گاڑی سے نکل کے تھوڑی دیر کے لئے پلیٹ فارم پہ ٹہلیں گے۔ اور شاید ہوا میں جھولتی ہوئی ان چھ ساڑھیوں کو بھی دیکھ لیں گے جو مہالکشمی کے پُل کے بائیں طرف لٹک رہی ہیں۔ یہ چھ سارھیاں جو بہت ہی معمولی عورتوں کی ساڑھیاں ہیں۔ ایسی معمولی عورتیں جن سے ہمارے دیس کے چھوٹے چھوٹے گھر بنتے ہیں جہاں ایک کونے میں چولہا سلگتا ہے۔ ایک ایک کونے میں پانی کا گھڑا رکھا ہے۔ اور ہر طاقچے میں شیشہ ہے۔ کنگھی ہے اور سیندور کی ڈبیہ ہے۔ کھاٹ پر ننھا بچہ سو رہا ہے۔ الگنی پر کپڑے سوکھ رہے ہیں۔ یہ ان چھوٹے چھوٹے لاکھوں کروڑوں گھروں کو بنانے والی عورتوں کی ساڑھیاں ہیں

جنہیں ہم ہندوستان کہتے ہیں۔ یہ عورتیں جو ہمارے پیارے پیارے بچّوں کی مائیں ہیں۔ ہمارے بھولے بھائیوں کی عزیز بہنیں ہیں۔ ہماری معصوم جبتوں کا گیت ہیں۔ ہماری پانچ ہزار سالہ تہذیب کا سب سے اونچا نشان ہیں۔ وزیراعظم صاحب یہ ہوا میں جھولتی ہوئی ساڑھیاں تم سے کچھ کہنا چاہتی ہیں تم سے کچھ مانگتی ہیں۔ یہ کوئی بہت بڑی قیمتی چیز تم سے نہیں مانگتی ہیں۔ یہ کوئی بڑا ملک، کوئی بڑا عہدہ، کوئی بڑی موٹر کار، کوئی پرمٹ، کوئی ٹھیکا، کوئی پراپرٹی، یہ ایسی کسی چیز کی تم سے طالب نہیں ہیں۔ یہ تو زندگی کی بہت ہی چھوٹی چیزیں مانگتی ہیں۔ دیکھیئے یہ شانتا بائی کی ساڑھی ہے جو اپنے بچپن کی کھوئی ہوئی دھنک تم سے مانگتی ہے۔ یہ جینا بائی کی ساڑھی ہے جو اپنی آنکھ کی روشنی اور اپنی بیٹی کی عزّت مانگتی ہے۔ یہ ساوتری کی ساڑھی ہے جس کے گیت مر چکے ہیں۔ اور جس کے پاس اپنے بچّوں کے اسکول کے لئے فیس نہیں ہے۔ یہ لڑیا ہے جس کا خاوند بیکار ہے اور جس کے کمرے میں ایک توتا ہے جو دو دن سے بھوکا ہے۔ یہ نئی دلہن کی ساڑھی ہے جس کے خاوند کی زندگی چمڑے کے پٹّے سے بھی کم قیمت ہے۔ یہ بڑھیا بھنگن کی لال ساڑھی ہے جو بندوق کی گولی کو ہل کی پھال میں تبدیل کرنا چاہتی ہے تاکہ دھرتی سے انسان کا لہو پھول بن کر کھل اُٹھے۔ اور گندم کے سنہرے خوشے ہنس کر لہرانے لگیں۔

لیکن وزیراعظم کی گاڑی نہیں رُکی اور وہ ان ساڑھیوں کو نہیں دیکھ سکے اور تقریر کرنے کے لئے چوپاٹی چلے گئے۔ اس لئے اب میں آپ سے کہتا ہوں کہ اگر کبھی آپ کی گاڑی اِدھر سے گزرے تو آپ ان چھ ساڑھیوں کو ضرور دیکھیئے جو مہالکشمی کے پل کے بائیں طرف لٹک رہی ہیں اور پھر آپ ان رنگارنگ ریشمیں ساڑھیوں کو بھی دیکھیئے جنہیں دھوبیوں نے اُسی پل کے دائیں طرف سوکھنے کے لئے لٹکا رکھا ہے اور جو اُن گھروں سے آئی ہیں جہاں اونچی اونچی چمنیوں والے کارخانوں کے مالک یا اونچی اونچی تنخواہوں کے پانے والے رہتے ہیں۔ آپ اس پُل کے دائیں بائیں دونوں طرف دیکھیئے اور پھر اپنے آپ سے پوچھیئے کہ آپ کس طرف جانا چاہتے یں۔ دیکھیئے! میں آپ سے اشتراکی بننے کے لئے نہیں کہہ رہا ہوں، میں صرف یہ جاننا چاہتا

ہوں کہ آپ مہالکشمی کے پل کے دائیں طرف ہیں یا بائیں طرف۔

☆☆

احمد ندیم قاسمی

بین

بس کچھ ایسا ہی موسم تھا میری بچی، جب تم سولہ سترہ سال پہلے میری گود میں آئی تھیں۔ بکائن کے اودے اودے پھول اسی طرح مہک رہے تھے اور بیریوں پر گلہریاں، تنے سے چوٹی تک اسی طرح بھاگی پھرتی تھیں، اور ایسی ہوا چل رہی تھی جیسے صدیوں کے سوکھے کواڑوں سے بھی کونپلیں پھوٹ نکلیں گی۔ جب تم میری گود میں آئی تھیں تو دیے کی کالی پیلی روشنی میں اونگھتا ہوا کوٹھا چمکنے سا لگا تھا اور دایہ نے کہا تھا کہ ہائے ری، اس چھوکری کے تو انگ انگ میں جگنو ٹکے ہوئے ہیں!

اس وقت میں نے بھی درد کے خمار میں اپنے جسم کے اس ٹکڑے کو دیکھا تھا اور مجھے تو یاد نہیں پر دایہ نے بعد میں مجھے بتایا تھا کہ میں مسکرا کر، تمہارے چہرے کی دمک میں اپنے ہاتھوں کی لکیروں کو یوں دیکھنے لگی تھی جیسے کوئی خط پڑھتا ہے۔

اگلی رات جب تمہارے بابا نے موقع پا کر تمہیں دیکھا تھا تو اداس ہو گیا تھا۔ اور میں نے کہا تھا۔ ”تم تو کہتے تھے بیٹا ہو یا بیٹی سب خدا کی دین ہے۔ پھر اب کیوں منہ لٹکا لیا ہے۔“ اور اس نے کہا تھا۔ ”تو نہیں جانتی نا بھولی عورت۔ تو ماں ہے نا۔ تو کیسے جانے کہ خدا اتنی خوبصورت لڑکیاں صرف ایسے بندوں کو دیتا ہے جن سے وہ بہت خفا ہوتا ہے۔“ اس وقت میرا جی چاہا تھا کہ میں تمہارے بابا کی آنکھیں اس کی کھوپڑی میں سے نکال کر باداموں کی طرح توڑ دوں کیونکہ میری جان، وہ تو تمہیں اس طرح دیکھ رہا تھا جیسے چڑیا سانپ کو دیکھتی ہے۔ وہ تمہاری خوبصورتی دیکھ کر ڈر گیا تھا اور پھر اس نے اپنی عمر کے سولہ سترہ سال تو اس سے ڈرتے ڈرتے گزار دیئے۔ وہ اب بھی ڈرا سہا ہوا، باہر گلی میں بچھی ہوئی چٹائیوں پر، لوگوں میں گھرا بیٹھا ہے اور آسمان کو یوں دیکھ رہا ہے

جیسے کوئی اس کی طرف آرہا ہے۔

تم مجھ پر تو نہیں گئی تھیں میری بچی۔ میں تو گاؤں کی ایک عام سی لڑکی تھی۔ میرا ناک نقشہ بالکل سیدھا سادا تھا۔ ہاں تم اپنے بابا پر گئی تھیں جو بہت خوبصورت تھا۔ وہ تو اب بھی خوبصورت ہے پر اب اس کی خوبصورتی سولہ سترہ سال کی گرد سے اٹ گئی ہے۔ اب بھی اس کی بڑی بڑی چیر دیں۔ بادامی آنکھیں ہیں اور اب بھی اس کے چہرے اور مونچھوں کے رنگ میں سونا ہے پر جب تم پیدا ہوئی تھیں نا تو وہ بالکل مورت تھا۔ تم آئیں تو وہ ڈر گیا تھا مگر اس ڈر نے اس کی شکل نہیں بدلی۔ بس ذرا سی بجھا دی۔ تمہارے آنے کے بعد میں نے اس کے موتیوں کے سے دانت بہت کم دیکھے۔ اس کے پنکھڑی ہونٹ ہمیشہ یوں بھنچے رہے جیسے کھلے تو کچھ ہو جائے گا۔ ابھی کچھ دیر پہلے جب وہ آیا اور اس نے تمہیں دیکھا تو مجھے ایسا لگا جیسے کسی بہت بڑے محل کی بنیادیں بیٹھ رہی ہیں۔ وہ یہاں کھڑے کھڑے ہی ایک دم اندر سے بوڑھا ہو گیا جب وہ پلٹا تو میں ڈری کہ وہ گلی تک پہنچنے سے پہلے ہی ڈھیر ہو جائے گا۔ مگر ابھی ابھی میں نے دیوار پر سے جھانکا ہے تو وہ گلی میں بیٹھا ہے اور جمع ہونے ہوئے لوگوں کو یوں ڈر ڈر کر، چونک چونک کر دیکھ رہا ہے جیسے اس کی چوری پکڑی گئی ہے۔

تم جب تین چار سال کی ہو کر بھاگنے دوڑنے لگیں تو دیکھنے والوں کو یقین نہیں آتا تھا کہ مٹی کا بنا ہوا انسان اتنا خوبصورت بھی ہو سکتا ہے۔ ایک بار تم گر پڑیں اور تمارے ماتھے پر چوٹ آئی تو میں تو روتے روتے نڈھال ہو گئی پر تمہارے بابا نے جھک کر کہا تھا۔ ''خدا جو بھی کرتا ہے ٹھیک کرتا ہے۔ ہماری رانو بیٹی کے ماتھے پر چوٹ کے نشان نے اس خوبصورتی کو داغ دار کر دیا ہے۔'' پر خدا کو تو کچھ اور منظور تھا۔ چوٹ کا نشان تو باقی رہ گیا مگر یہ نشان بالکل نئے نئے چاند کا سا تھا۔ لال لال سا بھی اور سنہرا سنہرا سا بھی، جو اب میری جان، پیلا پیلا سا لگ رہا ہے۔

پھر جب تم پانچ سال کی ہوئیں تو میں نے قرآن شریف پڑھانے کے لئے تمہیں بی بی جی کے پاس بٹھا دیا۔ تب پتہ چلا کہ تمہاری آواز بھی تمہاری طرح خوبصورت ہے۔ بی بی جی کے گھر کی

دیواروں کے اندر سے قرآن شریف پڑھنے والی بچیوں کی آوازیں آتی تھیں تو ان میں سے میری رانو بیٹی کی آواز صاف پہچانی جاتی تھی۔ تمہاری آواز میں چاندی کی کٹوریاں بجتی تھیں۔ ایسی کھنک کہ تم چپ بھی ہو جاتی تھیں تو جب بھی چار طرف سے جھنکار سی اٹھتی رہتی تھی۔ پھر یوں ہوا کہ پہلے تم آیت پڑھتی تھیں اور تمہارے بعد تمہاری ہم سبقوں کی آوازیں آتی تھیں۔ یوں جب تم اکیلی پڑھ رہی ہوتی تھیں تو گلی میں سے گزرنے والوں کے قدم رک جاتے تھے اور چڑیوں کے غول منڈیروں پر اتر آتے تھے۔ ایک بار مزار سائیں دولہے شاہ جی کے مجاور سائیں حضرت شاہ ادھر سے گزرے تھے اور تمہاری آواز سن کر انہوں نے کہا تھا ___ یہ کون لڑکی ہے جس کی آواز میں ہم فرشتوں کے پروں کی پھڑپھڑاہٹ سن رہے ہیں! ___ اور جب تمہیں معلوم ہوا تھا کہ سائیں حضرت شاہ نے تمہارے بارے میں یہ کہا ہے تو تم اتنی خوش ہوئی تھیں کہ رونے لگی تھیں۔

تب یوں ہوا کہ عورتیں پانی سے بھرے ہوئے برتن لاتیں اور تمہاری تلاوت ختم ہونے کا انتظار کرتی رہتیں۔ تم قرآن پاک بند کر کے اٹھتیں اور طفیل سائیں دولھے شاہ جی کہتی ہوئی ان برتنوں پر "چھو" کرتیں اور عورتیں یہ پانی اپنے عزیزوں کو پلاتیں تو بیمار اچھے ہو جاتے۔ بُرے نیک ہو جاتے۔ بے نمازی نمازی ہو جاتے!

ان دنوں مجھے یوں لگنے لگا جیسے تم نور کی بنی ہوئی تو خیر ہمیشہ سے ہو پر اب تم بی بی جی کے ہاں سے واپس گھر میں آتیں تو تمہارے چہرے پر میری نظریں نہ جم پاتیں، جیسے سورج پر نظر نہیں جمتی۔

خدا اور رسول ﷺ کے بعد تم سائیں دولھے شاہ جی کا نام جپتی رہتی تھیں۔ اسی لئے تو تمہارا بابا ایک بار تمہیں سائیں دولھے شاہ جی کے مزار پر سلام بھی کرا لایا تھا۔

قرآن شریف تم نے پڑھا میرے جگر کی ٹکڑی کہ اب بھی جب چار طرف سناٹا ہے اور صرف اِدھر اُدھر سے کسی کی آواز آ جاتی ہے، میں تمہارے آس پاس، تمہاری ہی آواز میں قرآن شریف کی تلاوت سن رہی ہوں۔ تمہارے ہونٹ تو نہیں ہل رہے، پر میں اپنے دودھ کی قسم کھا کر کہتی ہوں کہ

یہ آواز تمہاری ہے۔ زمین پر ایسی نورانی آواز میری رانو کے سوا اور کس کی ہو سکتی ہے۔

ایک دن جب تمہارے چاچا دین محمد کی بیوی اپنے بیٹے کے لئے تمہارا رشتہ پوچھنے آئی تو تب مجھے معلوم ہوا کہ تم شادی کی عمر کو پہنچ گئی ہو۔ مائیں تو بیٹی کے سر پر چنی لیتے ہی سمجھ جاتی ہیں کہ وقت آرہا ہے پر تمہارے بارے میں تو میں سوچ ہی نہ سکی۔ تم نے سوچنے کی مہلت ہی نہ دی۔ میں تمہارے بابا سے اپنی اس بے خبری کی بات کی تو وہ بولا۔ ''تو تو سدا کی بے خبری ہے پر میں ایسا بے خبر نہیں ہوں۔ بس یہ ہے کہ مجھے لڑکی سے ڈر لگتا ہے اس سے بھی تو بات کرو۔ اس نے تو جیسے اپنا سب کچھ مولا کی راہ میں تج دیا ہے۔''

تب پہلی بار مجھے بھی تم سے خوف آیا۔ میں نے سوچا اگر میں نے تم سے رشتے کی بات کی تو کہیں تم جلال میں نہ آجاؤ۔ مگر پھر اسی شام کو سائیں حضرت کا ایک خادم آیا اور اس نے بتایا کہ کل سے سائیں دولھے شاہ جی کا عرس ہے جو تین دن تک چلے گا اور سائیں حضرت شاہ نے خواب میں سائیں دولھے شاہ جی کو دیکھا ہے اور یہ فرماتے سنا ہے کہ میری چیلی رانو کو بلا کر تین دن تک اس سے میرے مزار پر قرآن شریف کی تلاوت کراؤ ورنہ سب کو بھسم کر دوں گا۔ تم جانتی تھیں بیٹی کہ سائیں دولھے شاہ جی بڑے جلال والے سائیں تھے۔ زندگی میں جس نے بھی ان کے خلاف کوئی بات کی، اسے بس ایک نظر بھر کر دیکھا اور راکھ کر ڈالا۔ مرنے کے بعد بھی ان کی درگاہ میں یا اس کے آس پاس کوئی برا کام یا بری بات ہو جائے تو ان کا مزار شریف سرہانے کی طرف سے کھل جاتا ہے اور اس میں سے ان کا دست مبارک بلند ہوتا ہے۔ بُرا کام یا بری بات کرنے والا جہاں بھی ہو کھنچا چلا آتا ہے۔ اپنی گردن سائیں جی کے دست مبارک میں دے دیتا ہے اور پھر وہیں ڈھیر ہو جاتا ہے۔ سائیں جی کا دست مبارک واپس مزار شریف میں چلا جاتا ہے اور مزار شریف کی دراڑیں یوں مل جاتی ہیں جیسے کبھی کھلی ہی نہیں تھیں۔

کس کی مجال تھی کہ سائیں دولھے شاہ جی کا حکم ٹالتا۔ دوسرے دن صبح کو ہم تینوں ایک اونٹ پر کجاوے میں بیٹھے تھے اور درگاہ سائیں دولھے شاہ جی کی طرف جا رہے تھے۔ میں کجاوے کے

ایک طرف تھی اور تم میری جان، دوسری طرف تھیں اور درمیان میں اونٹ کے پالان پر تمہارا بابا بیٹھا تھا۔ اونٹ جونہی اٹھا تھا اور چلنے لگا تھا تو تم نے قرآن شریف کی تلاوت شروع کردی تھی، اور میری پاک اور نیک بچی، میں نے اپنی آنکھوں سے دیکھا تھا کہ ہمارا اونٹ جہاں سے بھی گزرتا تھا، لوگ دور دور سے کھنچے چلے آئے تھے۔ وہ ہمارے ساتھ ساتھ چل رہے تھے اور رورہے تھے اور سبحان اللہ سبحان اللہ کہہ رہے تھے اور کجاوے کے اوپر چڑیوں اور ابابیلوں اور کبوتروں کے جھنڈ کے جھنڈ آتے تھے اور غوطہ لگا کر جیسے میری بچی کی آواز کا شربت پی کرناچتے تیرتے ہوئی دور نکل جاتے تھے اور میں سوچتی تھی کہ یہ ہم گنہگاروں کی کس نیکی کا بدلہ ہے کہ خدا نے ہمیں ایسی بیٹی بخشی ہے جو زمین پر قرآن شریف کی تلاوت کرتی ہے تو اس کی آواز آسمان تک جاتی ہے۔ آسمان کا خیال مجھے یوں آیا تھا کہ ایک بار تمہارے بابا نے پالان پر سے جھک کر میرے کان میں ہولے سے کہا ___ اوپر دیکھو ___ یہ کیسے نورانی پرندے ہیں جو ہمارے ساتھ ساتھ اڑ رہے ہیں۔ میں نے ان علاقوں میں ایسا پرندہ کبھی نہیں دیکھا کہ ان کے پروں میں ستارے چمکتے ہوں۔ یہ تو آسمانوں سے اتر کر آنے والے فرشتے ہی ہیں ___ اور میری آنکھوں کا نور بچی، میں تمہاری جاہل ماں بھی قسم کھا کر کہہ سکتی ہوں کہ وہ فرشتے ہی تھے ___ کچھ ایسے جیسے ننھے منے بچوں کے پر لگ گئے ہوں اور وہ ہوا میں ہمکتے پھرتے ہوں ___ وہ میری پہنچی ہوئی بیٹی سے تلاوت سننے آئے تھے۔

پھر جب درگاہ سائیں دولھے شاہ جی کے پاس ہمارا اونٹ بیٹھا تھا تو جیسے تم بھول گئی تھیں کہ تمہارے ساتھ تمہارے ماں باپ بھی ہیں۔ تم مزار شریف کی طرف یوں کھنچی چلی گئی تھیں جیسے سائیں دولھے شاہ جی تمہاری انگلی پکڑ کر تمہیں اپنے گھر لئے جارہے ہوں۔ مزار شریف کو بوسہ دے کر اور اس کے ایک طرف بیٹھ کر تم نے قرآن شریف کی تلاوت شروع کردی تھی اور تمہاری آواز کی مٹھاس چکھنے کے لئے عرس پر آنے والے لوگ مزار شریف پر ٹوٹ پڑے تھے۔ ہم دونوں نے مزار شریف کو اپنی پوروں سے چھوا اور پھر اپنی پوریں چوم لیں۔ پھر ہم سائیں حضرت شاہ کی خدمت

میں ان کے زانوؤں کو چھونے اور دستِ مبارک کو چومنے پہنچے تھے اور انہوں نے فرمایا تھا۔''اپنی بیٹی کو سائیں جی کے قدموں میں بٹھا کر تم نے اپنے اگلے پچھلے گناہ معاف کرا لیئے ہیں۔تم انشاء اللہ جنتی ہو۔یہ سن کر خوشی سے ہماری سانسیں پھول گئی تھیں۔پھر میں نے اندر جا کر بی بیوں کو سلام کیا تھا اور تمہیں ____ میری جان ____ سائیں دولھے شاہ جی اور سائیں حضرت شاہ اور ان کے گھرانے کی بی بیوں کی امانت میں دے کر ہم دونوں یہ کہہ کر واپس گاؤں آگئے تھے کہ عرس کے تین دن گزرنے کے بعد اگلے روز ہم اپنی اس نعمت کو لینے حاضر ہو جائیں گے جو خدا نے اور اس کے حبیب پاک نے ہم غریبوں گنہگاروں کو ہماری کسی سیدھی سادی نیکی سے خوش ہو کر بخشی ہے۔

اے میری بچی، اے میرے جگر کی ٹکڑی، اے میری صاف ستھری رانو بیٹی! پھر جب تین دنوں کے بعد ہم دونوں سائیں دولھے شاہ جی کے مزار شریف پر گئے تھے تو تم وہیں بیٹھی تھیں جہاں ہم تمہیں بٹھا گئے تھے، مگر کیا یہ تمہی تھیں؟ تمہاری آنکھوں کی پتلیاں پھیل گئی تھیں۔تمہارے ہونٹوں پر جمے ہوئے خون کی پپڑیاں تھیں۔تمہارے بال الجھ رہے تھے۔چادر تمہارے سر سے اتر گئی تھی مگر اپنے بابا کو دیکھ کر بھی تمہیں اپنا سر ڈھانپنے کا خیال نہیں آیا تھا۔تمہارا رنگ مٹی مٹی ہو رہا تھا اور ہمیں دیکھتے ہی تم چلا پڑی تھیں ____ ''مجھ سے دور رہو بابا۔میرے پاس نہ آنا اماں۔میں اب یہیں رہوں گی۔میں اس وقت تک یہیں رہوں گی جب تک سائیں دولھا شاہ جی کا مزار شریف نہیں کھلتا اور اس میں سے ان کا دست مبارک نہیں نکلتا۔جب تک فیصلہ نہیں ہوتا میں یہیں رہوں گی، جب تک انصاف نہیں ہوگا میں یہیں رہوں گی اور مزار شریف کھلے گا۔آج نہیں تو کل کھلے گا۔ایک مہینہ بعد، ایک سال بعد، دو سال بعد سہی، پر مزار شریف ضرور کھلے گا اور دست مبارک ضرور نکلے گا۔تب میں خود ہی اپنے بابا اور اپنی اماں کے قدموں میں چلی آؤں گی، اور ساری عمر ان کی جوتیاں سیدھی کروں گی اور ان کے پاؤں دھو دھو کر پیوں گی، پر اب میں نہیں آؤں گی، اب میں نہیں آسکتی۔میں بندھ گئی ہوں۔میں مر گئی ہوں۔'' پھر تمہیں ایک دم بہت سا رونا آگیا مگر تم نے ایک دم اپنے آنسو روک لیئے تھے اور تم بھیگی ہوئی آواز میں تلاوت کرنے لگی تھیں۔آس پاس

کھڑے ہوئے بیسیوں لوگ ہمارے ساتھ زار زار رونے لگے تھے اور کہنے لگے تھے۔ ''اثر ہو گیا ہے۔ دن رات مزار شریف پر رہنے سے اس پر اثر ہو گیا ہے۔''

تمہارے بابا نے فریاد کی تھی۔ ''اثر ہو گیا ہے؟ دن رات قرآن شریف کی تلاوت کرنے والی لڑکی پر کوئی اثر کیسے ہو سکتا ہے اور اگر تم کہتے ہو کہ اثر ہو گیا ہے تو سائیں حضرت شاہ کہاں ہیں؟'' وہ روتا ہوا سائیں حضرت شاہ کی طرف چل پڑا تھا اور بلکتی ہوئی اس کے پیچھے پیچھے تھی۔ مگر ہمیں خادموں نے بتایا تھا کہ سائیں جی تو عرس کے فوراً بعد اپنے حجرے میں بند ہو کر بیٹھ جاتے ہیں اور کئی دنوں تک وظیفہ فرماتے ہیں اور کسی سے نہیں ملتے۔ پھر میں نے اندر بی بیوں کے پاس جانا چاہا تھا مگر بڑے دروازے پر خادماؤں نے بتایا تھا کہ رانو کی حالت سے بی بیاں پہلے ہی بہت پریشان ہیں اور انہیں اور زیادہ پریشان کرنا گناہ ہے۔

ہم پھر لپک کر مزار شریف کی طرف گئے تھے مگر اب کے میری بچی، تم نے ہمیں دیکھا تو تمہیں جلال آ گیا تھا اور تم نے اتنے زور سے چیخ کر کہا تھا کہ ''تم چلے کیوں نہیں گئے۔'' کہ مجھے یقین نہیں آیا تھا کہ یہ چیخ اس حلق سے نکلی ہے جس نے تلاوت کے سوا کبھی کچھ کیا ہی نہیں۔

ہم اجڑے پجڑے ماں باپ، مزار شریف سے ایک طرف ہٹ کر بیٹھ گئے تھے اور رو رہے تھے اور لوگ ہمیں روتا دیکھ کر رو رہے تھے کہ سائیں حضرت شاہ کا خاص خادم آیا تھا اور اور اس نے بتایا تھا کہ سائیں جی کو بھی رانو کی اس حالت کا بڑا دکھ تھا اور انہوں نے فرمایا تھا کہ یہ لڑکی اچانک جن بھوت کے قبضے میں چلی گئی ہے اور سائیں حضرت شاہ ایک خاص وظیفہ فرما رہے ہیں کہ یہ جن اترے اور اس امانت کو اس کے ماں باپ تک پہنچایا جائے۔ پھر حکم ہوا تھا کہ تم جاؤ اور رانو کو درگاہ شریف کی نگرانی میں رہنے دو۔

''اب تم جاؤ۔'' ہمارے سروں پر تمہاری آواز آئی تھی اور ہم نے سر اٹھا کر دیکھا تھا کہ تمہاری آنکھیں تالابوں کی طرح بھری ہوئی تھیں۔ ''اب تم جاؤ میرے بابا۔ جاؤ میری اماں۔ اب تم جاؤ۔ مزار شریف ضرور کھلے گا۔ دست مبارک ضرور نکلے گا۔ فیصلہ ضرور ہو گا۔ فیصلہ ہو جائے تو میں سیدھی

تمہارے پاس پہنچوں گی۔ سائیں دولہے شاہ جی خود مجھے تمہارے پاس چھوڑ جائیں گے۔ اب تم جاؤ۔'' ـــــ یہ کہہ کر تم مزار شریف کی طرف پلٹ گئی تھیں اور تم چلتے ہوئے یوں ڈول رہی تھیں جیسے کٹی ہوئی پتنگ ڈولتی ہے۔

میں تم پر سے صدقے جاؤں، میری بیٹی۔ ہم تمہارے ماں باپ اس کے بعد بھی بار بار تمہارے پاس پہنچے مگر اب تو تم پہچانتی بھی نہیں تھیں۔ ہم تمہیں پکارتے تھے تو تم ہماری طرف یوں خالی خالی آنکھوں سے دیکھتی تھیں جیسے حیران ہو رہی ہو کہ یہ آواز کدھر سے آئی ہے۔ تمہارا رنگ خاکستری ہو گیا تھا۔ تمہارے ہونٹ اکڑ کر پھٹ گئے تھے۔ تمہارے بالوں میں گرد تھی اور تنکے تھے اور ٹوٹے ہوئے خشک پتے تھے۔ ایک بار جب ہم تمہارے لئے کپڑوں کا نیا جوڑا لے کر گئے، اور ہم نے یہ کپڑے تمہارے سامنے رکھ دیئے تو تم یہ کپڑے ہاتھ میں لے کر اٹھیں اے ایک طرف چل پڑیں۔ تمہارا ایک بھی قدم سیدھا نہیں اٹھتا تھا۔ پھر تم غائب ہو گئی تھیں اور ہم خوش ہوئے تھے کہ تم کہیں کپڑے بدلنے گئی ہو۔ مگر پھر ایک دم ایک طرف سے شور اٹھا تھا تم اسی رفتار سے واپس آ رہی تھیں اور تمہارے پیچھے درگاہ شریف کے چند خادم تھے جنہوں نے بتایا تھا کہ تم نے نئے کپڑوں کا یہ جوڑا درگاہ شریف کے لنگر کی دیگ کے نیچے بھڑکتی آگ میں جھونک دیا تھا۔

تلاوت تو تم اب بھی کر رہی تھیں مگر آواز میں چاندی کی کٹوریاں نہیں بجتی تھیں۔ پھر تم پڑھتے پڑھتے مزار شریف کے سرہانے کے طرف جھک جاتی تھیں جیسے کوئی جھری،، کوئی دراڑ ڈھونڈنے کی کوشش میں ہو۔ ضرور کھلے گا۔ دست مبارک ضرور نکلے گا۔ فیصلہ ضرور ہو گا۔ انصاف ضرور ہو گا۔ پھر تم آنکھیں بند کر لیتی تھیں اور تلاوت میں مصروف ہو جاتی تھیں۔

ایک بار ہم سائیں حضرت شاہ کی خدمت میں بھی حاضر ہوئے تھے اور عرض کیا تھا کہ جن بھوت کلام پاک پڑھنے والوں کے پاس بھی نہیں پھٹکتے۔ دور سے بیٹھے ہنستے رہتے ہیں اور جھومتے رہتے ہیں اور اگر ہماری ہیرا بیٹی پر ایسے کافر جن آ گئے ہیں جو قرآن شریف کی تلاوت کا بھی لحاظ نہیں کرتے، تو یہ آپ کی درگاہ شریف ہی کے جن ہیں۔ آپ کے حکم سے اتر جائیں گے۔ خدا کے

نام پر، رسول پاکؐ کے نام پر، پیرو دستگیر کے نام پر، سائیں دولہے کے نام پر ہمارے ساتھ مزار شریف پر چلیئے اور یہ جن اتار ئے۔ اور سائیں حضرت شاہ نے فرمایا تھا کہ ''ہم جن اتار دیتے۔ مگر تم نے ٹھیک کہا یہ کوئی بڑا کافر جن ہے اور کافر جن ہمارے قبضے میں نہیں ہیں۔ ہم یہاں دعا کر رہے ہیں۔ تم گھر جا کر دعا کرو ہمارا یہ وظیفہ جاری رہے گا۔''

جب ہم ٹوٹے پھوٹے واپس آرہے تھے تو بی بیوں کی ایک بوڑھی خادمہ نے مجھے ایک طرف لے جا کر بتایا تھا کہ عرس کے تیسرے ن سائیں حضرت شاہ مزار کی طرف آئے تھے تو تمہاری بدنصیب بیٹی نے مزار شریف پر سے گول گول لہرے پتھر اٹھا کر جھولی میں بھر لئے تھے اور چیخ چیخ کر کہا تھا کہ سائیں! مزار شریف سے دست مبارک تو جب نکلے گا، نکلے گا۔ اگر تم ایک قدم بھی آگے بڑھے تو سائیں دولہے شاہ جی کے دیئے ہوئے ان پتھروں سے تمہارا ناس کر دوں گی! خادم تمہاری بیٹی کو پکڑ کر مارنے پیٹنے کے لئے آگے بڑھے تھے تو سائیں جی نے انہیں روک کر کہا تھا کہ نادانو، یہ لڑکی نہیں بول رہی ہے اس کے اندر کا فر جن بول رہا ہے۔ جب تک یہ مزار شریف پر قابض ہے ہمیں اور ہمارے سے خاندان کے کسی مرد عورت کو ادھر نہیں آنا چاہئے ورنہ کیا خبر جن کیا کر بیٹھے۔

پھر رات درگاہ شریف کا ایک خادم آیا کہ تمہارے بیٹی تمہیں بلا رہی ہے۔ ہم راتوں رات گرتے پڑتے وہاں پہنچے تو تم مزار شریف کے پائتی لیٹی ہوئی تھیں۔ چراغ کی روشنی میں ہم نے دیکھا کہ تمہاری نظر ٹنگ گئی تھیں اور تمہارے ہونٹ ذرا ذرا سے ہل رہے تھے۔ ظاہر ہے تم اس وقت بھی تلاوت کر رہی تھیں۔ پھر جب میں نے تمہارا سر اپنی گود میں رکھا اور تمہارے بابا نے تمہارا ہاتھ اپنے ہاتھوں میں لے کر رونا شروع کر دیا تو نہایت کمزور آواز میں تم نے کہا تھا۔ ''میری لقتاں میرے بابا۔ کون جانے مزار شریف کیوں نہیں کھلا انصاف تو نہیں ہوا پر چلو فیصلہ تو ہو گیا۔ چلو میں ہی گنہگار سہی۔ سائیں دولہے شاہ جی آپنے تو بڑا انتظار کرایا۔ اب قیامت کے دن جب ہم سب خدا کے سامنے پیش ہوں گے ___ جب ہم خدا کے سامنے پیش ہوں گے ___ خدا کے سامنے

____خدا____!''اس کے بعد تم چپ ہو گئی تھیں اور تب سے چپ ہو۔

پھر ہم تمہیں یہاں گھر اُٹھالائے۔اور جب ابھی ابھی سویرے سائیں حضرت شاہ کا خاص خادم سائیں جی کی طرف سے تمہارے لئے کفن لایا تو تم پر سے اترا ہوا جن جیسے تمہارے بابا پر آ گیا۔اس نے کفن ہاتھ میں لے لیا اور اسے چولہے میں جھونک دیا جس پر تمہیں غسل دینے کے لئے پانی گرم کیا جا رہا تھا۔

اب میری جگر کی ٹکڑی، میری نیک اور پاک، میری صاف اور ستھری رانو بیٹی! آؤ میں تمہارے ماتھے کے بجھے ہوئے چاند کو چوم لوں۔دیکھو کہ بکائن کے اودے اودے پھول مہک رہے ہیں اور بیریوں پر گلہریاں تنے سے چوٹی تک بھاگی پھر رہی ہیں۔اور ایسی ہوا چل رہی ہے جیسے صدیوں کے سوکھے کواڑوں سے بھی کونپلیں پھوٹ نکلیں گی، اور چاروں طرف تمہاری تلاوت کی گونج ہے اور سائیں حضرت شاہ کے بھیجے ہوئے کفن کے جلنے کی بو اب تک سارے میں پھیل رہی ہے اور میرے اندر اتنا بہت سا درد جمع ہو گیا ہے جیسے تمہیں جنم دیتے ہوئے جمع ہوا تھا۔

☆☆

قرۃ العین حیدر

نظارہ درمیاں ہے

تارابائی کی آنکھیں تاروں ایسی روشن ہیں اور وہ گردوپیش کی ہر چیز کو حیرت سے تکتی ہے۔ دراصل تارابائی کے چہرے پر آنکھیں ہی آنکھیں ہیں۔ وقت کی سوکھی ماری لڑکی ہے جیسے بیگم الماس خورشید عالم کے ہاں کام کرتے ہوئے صرف چند ماہ ہوئے ہیں اور اپنی مالکن کے شان دار فلیٹ کے سازوسامان کو آنکھیں پھاڑ پھاڑ کر دیکھتی رہتی ہے کہ ایسا عیش وعشرت اس سے پہلے کبھی خواب میں بھی نہ دیکھا تھا۔ وہ گورکھپور کے ایک گاؤں کی بال ودھوا ہے۔ جس کے سسُر اور ماں باپ کے مرنے کے بعد اس کے ماما نے جو بمبئی میں دودھ والا بھیا ہے۔ اسے یہاں بلا بھیجا تھا۔

الماس بیگم کے بیاہ کو بھی ابھی تین چار مہینے ہی گذرے ہیں۔ ان کی منگلورین آیا جوان کے ساتھ آئی تھی "ملک" چلی گئی تو ان کی بے حد منتظم خالہ بیگم عثمانی نے، جو ایک نامور سوشل ورکر ہیں۔ ایمپلائمنٹ ایکس چینج فون کیا اور تارابائی پٹ بجنے کی طرح آنکھیں جھپکاتی کمبالا ہل کے اسکائی اسکریپر گلِ نسترن کی دسویں منزل پر آن پہنچیں۔ الماس بیگم نے ان کو ہر طرح قابلِ اطمینان پایا۔ مگر دوسرے ملازموں نے ان کو تارابائی کہہ کر پکارا تو وہ بہت بگڑیں۔ "ہم کوئی پُرَیا ہیں؟" انہوں نے احتجاج کیا۔ مگر اب ان کو تارابائی کے بجائے تارادائی کہلانے کی عادت ہو گئی ہے۔ اور وہ چپ چاپ کام میں مصروف رہتی ہیں اور بیگم صاحب اور ان کے صاحب کو آنکھیں جھپکا جھپکا کر دیکھا کرتی ہیں۔

الماس بیگم کا اگر بس چلے تو وہ اپنے طرح دار شوہر کو ایک لمحے کے لئے اپنی نظروں سے اوجھل نہ ہونے دیں اور وہ جوان جہان آیا کو ملازم رکھنے کی ہرگز قائل نہیں تھیں۔ مگر تارابائی جیسی بے زبان اور بگھڑ خادمہ کو دیکھ کر انہوں نے اپنی تجربہ کار خالہ کے انتخاب پر اعتراض نہیں کیا۔

تارابائی صبح کو بیڈ روم میں چائے لاتی ہے۔ بڑی عقیدت سے صاحب کے جوتوں پر پالش اور کپڑوں پر استری کرتی ہے۔ ان کے شیو کا پانی لگاتی ہے۔ جھاڑ پونچھ کرتے وقت وہ بڑی حیرت سے ان خوبصورت چیزوں پر ہاتھ پھیرتی ہے جو صاحب اپنے ساتھ پیرس سے لائے ہیں۔ ان کا وائلن وارڈ روب کے اوپر رکھا ہے۔ جب پہلی بار تارابائی نے بیڈ روم کی صفائی کی تو وائلن پر بڑی دیر تک ہاتھ پھیرا کی۔ مگر پرسوں صبح حسب معمول جب وہ بڑی نفاست سے وائلن صاف کر رہی تھی تو نرم مزاج اور شریف صاحب (بیگم صاحب تنیا مرچ ہیں) اسی وقت کمرے میں آگئے اور اس پر برس پڑے کہ وائلن کو ہاتھ کیوں لگایا اور تارابائی کے ہاتھ سے چھین کر اسے الماری کے اوپر پٹخ دیا۔ تارابائی سہم گئی اور اس کی آنکھوں میں آنسو آگئے اور صاحب ذرا شرمندہ سے ہو کر باہر برآمدے میں چلے گئے، جہاں بیگم صاحب بیٹھی چائے پی رہی تھیں۔ ویسے بیگم صاحب کی صبحیں ہیر ڈریسر اور بیوٹی سیلون میں گزرتی ہیں۔ منی کیور، پیڈی کیور، تاج فیشیل ____ ایک سے ایک بڑھیا ساڑیاں، درجنوں رنگ برنگے سلیکس اور عطر کے ڈبے اور گہنے ان کی الماریوں میں پڑے ہیں۔ مگر تارابائی سوچتی ہے۔ ''بھگوان نے میم صاحب کو دولت بھی، ابجت بھی اور ایسا سندر پتی بھی۔ بس شکل دینے میں کنجوسی کر گئے۔''

صاحب سُنا ہے میم صاحب مس صاحب لوگ سوسائٹی میں بے حد مقبول تھے۔ مگر بیاہ کے بعد سے بیگم صاحب نے ان پر بہت سی پابندیاں لگادی ہیں۔ دفتر جاتے ہیں تو دن میں کئی بار فون کرتی ہیں۔ شام کو باہر جائیں تو بیگم صاحب کو پتہ رہتا ہے کہ کہاں کہاں گئے ہیں اور ان جگہوں پر فون کرتی رہتی ہیں۔ شام کو سیر و تفریح یا ملنے ملانے کے لئے دونوں میاں بیوی باہر جاتے ہیں تب بھی بیگم صاحب بڑی کڑی نگرانی رکھتی ہیں۔ مجال ہے جو وہ کسی دوسری لڑکی پر نظر بھی ڈال لیں۔

صاحب نے یہ سارے قاعدے قانون ہنسی خوشی قبول کر لئے ہیں، کیونکہ بیگم صاحب بہت امیر ہیں اور صاحب کی نوکری بھی ان کے دولت مند سُسر ہی نے دلوائی ہے ورنہ بیاہ سے پہلے صاحب بہت غریب آدمی تھے۔ اسکالرشپ پر انجینئرنگ پڑھنے فرانس گئے تھے۔ واپس آئے تو

روزگار نہیں ملا۔ پریشان حال گھوم رہے تھے جب ہی بیگم صاحب کے گھر والوں نے اُنہیں پھانس لیا۔

بڑے لوگوں کی دنیا کے یہ عجیب و غریب قصے تارابائی فلیٹ کے مستری (باورچی) حمال اور دوسرے نوکروں سے سنتی اور اس کی آنکھیں اچنبھے سے جھلملاتی رہتی ہیں۔

خورشید عالم بڑے اچھے وائلن نواز بھی تھے، مگر جب سے بیاہ ہوا ہے، بیوی کی محبت میں ایسے پڑے کہ وائلن کو ہاتھ نہیں لگایا کیونکہ الماس بیگم کو اس ساز سے دلی نفرت ہے۔ خورشید عالم بیوی کے بے حد احسان مند ہیں کیونکہ اس شادی سے ان کی زندگی بدل گئی اور احسان مندی ایسی شے ہے کہ ایک سنگیت کار اپنی سنگیت کی قربانی بھی دے سکتا ہے۔ خورشید عالم شہر کی ایک خستہ عمارت میں پڑے تھے اور بسوں میں مارے مارے پھرتے تھے۔ اب لکھ پتی کی حیثیت سے کمبالا ہل میں فروکش ہیں۔ مرد کے لئے اس کا اقتصادی تحفظ غالباً سب سے بڑی چیز ہے۔

خورشید عالم اب وائلن کبھی نہیں بجائیں گے۔

یہ صرف ڈیڑھ سال پہلے کا ذکر ہے۔ الماس اپنے ملک التجار باپ کی عالی شان کوٹھی میں مالابار ہل پر رہتی تھیں۔ وہ سوشل ورک کر رہی تھیں اور عمر زیادہ ہو جانے کے کارن شادی کی امید سے دست بردار ہو چکی تھیں۔ جب ایک دعوت میں ان کی ملاقات خورشید عالم سے ہوئی اور ان کی جہاں دیدہ خالہ بیگم عثمانی نے ممکنات بھانپ کر اپنے ''جاسوسوں'' کے ذریعہ معلومات فراہم کیں ــــــ لڑکا یوپی کا ہے۔ یورپ سے لوٹ کر تلاشِ معاش میں سرگرداں ہے، مگر شادی پر تیار نہیں کیونکہ فرانس میں ایک لڑکی چھوڑ آیا ہے اور اُس کی آمد کا منتظر ہے۔ بیگم عثمانی فوراً اپنی مہم پر جٹ گئیں۔ الماس کے والد نے اپنی ایک فرم میں خورشید عالم کو پندرہ سو روپے ماہوار پر ملازم رکھ لیا۔ الماس کی والدہ نے انہیں اپنے ہاں مدعو کیا اور الماس سے ملاقاتیں خود بخود شروع ہو گئیں۔ مگر پھر بھی ''لڑکے'' نے ''لڑکی'' کے سلسلے میں کسی گرم جوشی کا اظہار نہیں کیا۔ دفتر سے لوٹ کر بیشتر وقت انہیں الماس کے ہاں گزارنا پڑتا اور اس لڑکی کی سطحی گفتگو سے اکتا کر اس پُر فضا بالکنی میں جا

کھڑے ہوتے جس کا رُخ سمندر کی طرف تھا۔ پھر وہ سوچتے ایک دن ''اُس'' کا جہاز آ کر اس ساحل سے لگے گا اور ''وہ'' اس میں سے اُترے گی۔ اسے ہمراہ ہی آ جانا چاہئے تھا مگر پیرس میں کالج میں اس کا کام ختم نہیں ہوا تھا۔ ''اس'' کا جہاز اس ساحل سے آ لگے گا___ وہ بالکنی کے جنگلے پر جھکے افق کو تکتے رہتے۔ الماس اندر سے نکل کر شگفتگی سے ان کے کندھے پر ہاتھ رکھ کر پوچھتی ''کیا سوچ رہے ہیں؟'' وہ ذرا جھینپ کر مسکرا دیتے۔

رات کے کھانے پر الماس کے والد کے ساتھ ملکی سیاست سے وابستہ ہائی فنانس پر تبادلۂ خیالات کرنے کے بعد وہ تھکے ہارے اپنی جائے قیام پر پہنچتے اور وائلن نکال کر دھنیں بجانے لگتے جو ''اس'' کی سنگت میں پیرس میں بجایا کرتے تھے۔ وہ دونوں ہر تیسرے دن ایک دوسرے کو خط لکھتے تھے اور پچھلے خط میں انہوں نے ''اسے'' اطلاع دی تھی کہ انہیں بمبئی ہی میں بڑی عمدہ ملازمت مل گئی ہے۔ اس ملازمت کے ساتھ جو خوفناک شاخسانے بھی تھے اس کا ذکر انہوں نے خط میں نہیں کیا تھا۔

ایک برس گزر گیا مگر انہوں نے الماس سے شادی کا کوئی ارادہ ظاہر نہیں کیا۔ آخر عثمانی بیگم نے طے کیا کہ خود ہی ان سے صاف صاف بات کر لینا اب عین مناسب ہے۔ مگر تب ہی پرتاپ گڈھ سے تار آیا کہ خورشید عالم کے والد سخت بیمار ہیں اور وہ چھٹی لے کر وطن روانہ ہو گئے۔

ان کو پرتاپ گڈھ گئے چند روز ہی گزرے تھے الماس جواب ان طرف سے نا اُمید ہو چکی تھی ایک شام اپنی سہیلیوں کے ساتھ ایک جرمن پیانسٹ کا کونسرٹ سننے تاج محل گئی۔ کرسٹل روم میں حسب معمول بوڑھے پارسیوں اور پارسنوں کا مجمع تھا اور ایک حسین آنکھوں والی پارسی لڑکی کونسرٹ کا پروگرام بانٹتی پھر رہی تھی۔ ایک شناسا خاتون نے الماس کا تعارف اس لڑکی سے کرایا۔ ''مس پیرو جا جہانگیر دستور'' ___ اور خود آگے چلی گئیں۔

الماس نے حسب عادت بڑی ناقدانہ اور تیکھی نظروں سے اس اجنبی لڑکی کا جائزہ لیا۔ لڑکی بے حد حسین تھی۔

''آپ کا نام کیا بتلایا مسز رستم جی نے؟'' الماس نے ذرا مشفقانہ انداز میں سوال کیا۔

''پیرو جا دستور۔'' لڑکی نے سادگی سے جواب دیا۔

''میں نے آپ کو پہلے کسی کونسرٹ وغیرہ میں نہیں دیکھا۔''

''میں سات برس بعد پچھلے ہفتے ہی پیرس سے واپس آئی ہوں۔''

''سات برس پیرس میں! تب تو آپ فرنچ خوب فر فر بول لیتی ہوں گی؟'' الماس نے ذرا ناگواری سے کہا۔

''جی ہاں۔'' پیرو جا ہنسنے لگی

اب خاص مہمان جرمن پیانسٹ کے ہمراہ لاونج کی سمت بڑھ رہے تھے۔ پیرو جا الماس سے معذرت چاہ کر ایک انگریز خاتون سے اس پیانسٹ کی موسیقی پر بے حد ٹکنیکل قسم کا تبصرہ کرنے میں منہمک ہو گئی۔ لیکن اسی لاونج میں پہنچ کی الماس پھر اس لڑکی سے ٹکرا گئی۔ کمرے میں چائے کی گہما گہمی شروع ہو چکی تھی۔

''آیئے یہاں بیٹھ جائیں؟'' پیرو جا نے مسکرا کر الماس سے کہا۔ وہ دونوں دریچے سے لگی ہوئی ایک میز پر آمنے سامنے بیٹھ گئیں۔

'' آپ تو ویسٹرن میوزک کی ایکسپرٹ معلوم ہوتی ہیں۔ الماس نے ذرا رکھائی سے بات شروع کی کیونکہ وہ خوب صورت اور کم عمر لڑکیوں کو ہرگز برداشت نہ کر سکتی تھی۔

''جی ہاں، میں پیرس میں پیانو کی اعلیٰ تعلیم کے لیے ہی گئی تھی۔''

الماس کے ذہن میں کہیں دور خطرے کی گھنٹی بجی۔ اس نے باہر سمندر کی شفاف اور بیحد نیلی سطح پر نظر ڈال کر دفعتاً بڑے اخلاق اور بے تکلفی سے کہا۔ ''ہاؤ انٹرسٹنگ ـــــ پیانو تو ہمارے یہاں بھی موجود ہے۔ کسی روز آکر کچھ سناؤ۔''

''ضرور۔'' پیرو جا نے مسرّت سے جواب دیا۔

''سنیچر کے روز کیا پروگرام ہے تمھارا۔ میں اپنے ہاں ایک ہین پارٹی (Hen

(Party) کر رہی ہوں، میری سہیلیاں تم سے مل کر بہت خوش ہوں گی۔"

"آئی وڈ لو ٹو کم ____ تھینک یو؟

"تم رہتی کہاں ہو پیروجا؟"

پیروجا نے تاردیو کی ایک گلی کا پتہ بتایا۔ الماس نے ذرا اطمینان کی سانس لی۔ تاردیو مفلوک الحال پارسیوں کا محلہ ہے۔

"میں اپنے چچا کے ساتھ رہتی ہوں۔ میرے والد کا انتقال ہو چکا ہے۔ میرے کوئی بھائی بہن بھی نہیں۔ مجھے چچا ہی نے پالا ہے۔ وہ لاولد ہیں چچا ایک بینک میں کلرک ہیں" پیروجا سادگی سے کہتی رہی۔ پھر اِدھر اُدھر کی چند باتوں کے بعد سمندر کی پُرسکون سطح کو دیکھتے ہوئے اس نے اچانک کہا۔ "کیسی عجیب بات ہے۔ پچھلے ہفتہ جب میرا جہاز اس ساحل کی طرف بڑھ رہا تھا تو میں سوچ رہی تھی کہ اتنے عرصے کے بعد اجنبیوں کی طرح بمبئی واپس پہنچ رہی ہوں۔ یہ بڑا کٹھور شہر ہے۔ تم کو معلوم ہی ہوگا الماس! مخلص دوست یہاں بہت مشکل سے ملتے ہیں مگر میری خوش قسمتی دیکھو کہ آج ہی تم سے ملاقات ہوگئی۔

الماس نے دردمندی کے ساتھ سر ہلایا۔ سی لاؤنج میں باتوں کی دھیمی دھیمی بھنبھناہٹ جاری تھی۔ چند لمحوں کے بعد اس نے پوچھا۔ "تم پیرس کیسے گئیں؟"

"مجھے اسکالر شپ مل گیا تھا۔ وہاں پیانو کی ڈگری لینے کے بعد چند سال تک میوزک کالج میں ریسرچ کرتی رہی۔ میں وہاں بہت خوش تھی۔ مگر میرے چچا چچی یہاں بالکل اکیلے تھے۔ وہ دونوں بہت بوڑھے ہو چکے ہیں۔ چچی بیچارہ تو ضعیف العمری کی وجہ سے بالکل بہری بھی ہوگئی ہیں۔ میں ان کی خاطر واپس آگئی اور اس کے علاوہ......"

"ہلو الماس! تم یہاں بیٹھی ہو! چلو جلدی۔ مسز ملگاؤنکر تم کو بلا رہی ہیں۔ ایک خاتون نے میز کے پاس آکر کہا۔ پیروجا کی بات ادھوری رہ گئی۔ الماس نے اس سے یہ بات کہتے ہوئے معذرت چاہی کہ وہ سنیچر کو صبح گیارہ بجے اس کے لئے کار بھیج دے گی۔ وہ میز سے اُٹھ کر مہمانوں

کے مجمع میں کھو گئی۔

سنیچر کے روز پیروجا الماس کے گھر پہنچی جہاں مرغیوں کی پارٹی اپنے عروج پر تھی بیٹلو کے ریکارڈ بج رہے تھے۔ چند لڑکیاں جنھوں نے چند روز پہلے ایک فیشن شو میں حصہ لیا تھا، زور شور سے اس کے واقعات پر تبصرہ کر رہی تھیں۔ یہ سب لڑکیاں جن کی ماتر بھاشائیں اُردو، ہندی، گجراتی اور مراٹھی تھیں، انگریزی اور صرف انگریزی بول رہی تھیں اور انہوں نے بے حد چُست پتلونیں یعنی "اسٹرچ پینٹس" پہن رکھی تھی ـــــ پیروجا کو ایک لمحے کے لئے محسوس ہوا کہ وہ ابھی ہندوستان واپس نہیں آئی ہے۔ اس کا اپنا فرقہ بے حد مغرب پسند تھا مگر برسوں یورپ میں رہ کر اسے معلوم ہو چکا تھا کہ اجنتا کی زندہ تصویروں کی بجائے ان مغربیت زدہ ہندوستانی خواتین کو دیکھ کر اہل یورپ کو سخت افسوس اور مایوسی ہوتی ہے۔ چنانچہ پیروجا جہانگیر دستور پیرس اور روم میں اپنی ٹھیٹھ ہندوستانی وضع قطع پر بڑی نازاں رہتی تھی۔ بمبئی کی اس نقلی امریکن لڑکیوں سے اکتا کر وہ بالکنی میں جا کھڑی ہوئی جس کے سامنے سمندر تھا اور پہلو میں برج خموشاں کا جنگل نظر آ رہا تھا۔ وہ چونک اٹھی گھنے جنگل کے اوپر کھلی فضاؤں میں چند گدھ اور کوے منڈلا رہے تھے اور چاروں طرف بڑا ڈراؤنا سناٹا طاری تھا۔ وہ گھبرا کر واپس پہنچی اور زندگی سے گونجتے ہوئے کمرے میں آ کر ایک صوفے پر ٹک گئی۔

کمرے کے ایک کونے میں غالباً بطور آرائش اسٹین وے کا گرینڈ پیانو رکھا ہوا تھا۔ لڑکیاں اب ریڈیو گرام پر بیلی بیلا فونٹے کا پرانا نکلپسو "جمیکا فیر وَیل" بجا رہی تھیں۔ مغنّی کی دل کش آواز گٹار کی جان یوا گونج کمرے میں پھیلنے لگی:

DOWN THE WAY WHERE THE NIGHTS ARE GAY AND THE SUN SHINE DAILY ON THE MOUNTAIN TOP I TOOK A TRIP ON A SAILING SHIP

AND WHEN I REACHED JAMAICA I MADE A STOP BUT I AM SAD TODAY I AM ON MY WAY AND WONT BE BACK FOR MANY A DAYS

I HAD TO LEANE A LITTLE GIRL IN KIGDOM TOV/N

الماس چپ چاپ جا کر بالکنی میں کھڑی ہو گئی۔ ریکارڈ ختم ہوا تو اس نے اندر آ کر پیرو جا سے کہا۔" ہم لوگ سخت بد مذاق ہیں۔ ایک ماہر پیانسٹ یہاں بیٹھی ہے اور ہم ریکارڈ بجا رہے ہیں۔ چلو بھائی ___ اٹھو ___"

پیرو جا مسکراتی ہوئی پیانو کے اسٹول پر بیٹھ گئی۔

"کیا سناؤں؟ میں تو صرف کلاسیکی میوزک ہی بجاتی ہوں۔"

"ہائے ___ پوپ (pop) نہیں؟" لڑکیوں نے غل مچایا ___ "اچھا کوئی انڈین فلم سانگ ہی بجاؤ۔"

"فلم سانگ بھی مجھے نہیں آتے ___ مگر ___ مگر ایک غزل یاد ہے ___ جو مجھے ___ جو مجھے ___" وہ جھینپ کر ٹھٹک گئی۔

"غزل ___؟ اوہ آئی لو اُردو پوئٹری ___" ایک مسلمان لڑکی نے جس کے والدین اہلِ زبان تھے بڑے سرپرستانہ انداز میں کہا۔

پیرو جا نے پردوں پر انگلیاں پھیریں اور ایک انجانی، مسرور پھریری سی آئی۔

پھر اس نے آہستہ آہستہ ایک دل کش دُھن بجانا شروع کی۔

"گاؤ بھی ساتھ ساتھ" لڑکیاں چلائیں۔

"بھئی میں گا نہیں سکتی۔ میرا اُردو تلفظ بہت خطرناک ہے۔"

"اچھا اس کے الفاظ بتا دو ___ ہم لوگ گائیں گے۔"

''وہ کچھ اس طرح ہے___ '' پیرو جانے کہا۔

''تو سامنے ہے اپنے بتا کہ تو کہاں ہے

کس طرح تجھ کو دیکھوں نظارہ درمیاں ہے''

چند لڑکیوں نے ساتھ ساتھ گانا شروع کر دیا۔ نظارہ درمیاں ہے___ نظارہ درمیاں ہے۔

غزل ختم ہوئی تالیاں بجیں۔

''اب کوئی ویسٹرن چیز بجاؤ___ '' ایک لڑکی نے فرمائش کی۔

''شوپاں کی میڈنز فینسی (Maidens fancy) بجاؤں؟ یہ نغمہ میں اور میرا منگیتر ہمیشہ اکٹھے بجاتے تھے پیرس میں۔ وہ وائلن پر میری سنگت کرتے تھے___ ''

''تمہارے منگیتر بھی میوزیشین ہیں؟'' ایک لڑکی نے پوچھا۔

''پروفیشنل نہیں۔ شوقیہ۔'' پیرو جانے جواب دیا اور نغمہ بجانے میں محو ہوگئی۔

اگلے دو ہفتوں میں الماس نے پیرو جا سے بڑی گہری دوستی گانٹھ لی۔ اس دوران میں پیرو جا کو ایک کانونٹ کالج میں پیانو سکھانے کی نوکری مل چکی تھی جو تعطیلات کے بعد ملنے والی تھی۔ ہفتے میں تین بار ایک امریکن کی دس سالہ لڑکی کو پیانو سکھانے کا ٹیوشن بھی اسے مل گیا تھا۔ امریکن کی بیوی کا حال ہی میں انتقال ہوا تھا اور وہ اپنا غم بھلانے کے لئے اپنے بچوں کے ہمراہ بغرض سیاحت ہندوستان آیا تھا اور جوہو میں سن اینڈ سینڈ میں مقیم تھا۔ تار دیو سے جوہو کا سفر خاصا طویل تھا مگر امریکن پیرو جا کو اچھی تنخواہ دینے والا تھا اور بڑی شفقت سے پیش آتا تھا۔ پیرو جا اپنی زندگی سے فی الحال بہت خوش تھی چند روز بعد ''وہ'' اپنے وطن سے واپس آنے والا تھا۔ پیرو جانے اسے بمبئی آتے ہی ملازمت اور ٹیوشن ملنے کی اطلاع نہیں دی تھی کہ وہ ''اسے'' ایک ''اچانک'' سرپرائز دینا چاہتی تھی۔

ایک روز وہ الماس کے ساتھ اس کی کوٹھی کے باغ میں ٹہل رہی تھی کہ فوارے پر پہنچ کر الماس

نے اس سے دفعتاً سوال کیا۔ "تم نے وہ غزل کہاں سے سیکھی تھی ___؟"

"اوہ ___ وہ ___؟ پیرس میں!"

"پیرس! ہاؤ انٹرسٹنگ! کس نے سکھائی؟"

"میرے منگیتر نے"

"اوہ پیرو جا ___ یوڈارک ہورس ___! چار سو بیس! مجھ کو بتایا بھی نہیں اب تک!"

"تمہاری ہی کمیونٹی کے ہیں وہ ___"

"اوہ ___ واقعی ___؟" الماس فوارے کی منڈیر پر بیٹھ گئی۔

"میرے باپ دادا دستور تھے، مگر میرے چچا بہت روشن خیال ہیں۔ انہوں نے اجازت دے دی ہے۔"

"کیا نام ہے صاحب زادے کا؟"

"یہ ناموں کا بھی عجیب قصہ تھا۔ خورشید عالم اس کی نرگسی آنکھوں پر عاشق ہوئے تھے۔ جب پیرس کے ہندوستانی سفارت خانے کی ایک تقریب میں پہلی ملاقات ہوئی اور کسی نے اس کا تعارف "پیرو جا" کہہ کر ان سے کرایا تو انہوں نے شرارت سے کہا تھا، "لیکن آپ کا نام نرگس ہونا چاہئے تھا!" ___ اوہ نرگیش؟ تو میری آنٹی کا نام ہے۔"

"لاحول ولاقوۃ ___" خورشید عالم نے ایسی بے تکلفی سے کہا تھا جیسے اسے ہمیشہ سے جانتے ہوں ___ "نرگیش، کھورشیٹ، پیرو جا۔ آپ لوگوں نے حسین ایرانی ناموں کی ریڑھ ماری ہے۔ میں آپ کو فیروزہ پکاروں تو کوئی اعتراض ہے؟" ___ "ہرگز نہیں ___" پیرو جا نے ہنس کر جواب دیا تھا ___ اور پھر ایک بار خورشید عالم نے دریا کے کنارے ٹہلتے ہوئے اس سے کہا تھا۔ "یہ تمہاری بہادر آنکھیں ___ ہفت زبان آنکھیں، جگنو ایسی، شہاب ثاقب ایسی، ہیرے جواہرات ایسی، روشن دھوپ اور جھلملاتی بارش ایسی آنکھیں ___ نرگس کے پھول جو تمہاری آنکھوں میں تبدیل ہو گئے۔"

''میں نے پوچھا کیا نام ہے ان صاحب کا؟'' الماس کی تیکھی آواز پر وہ چونکی۔

''خورشیٹ عالم۔'' اس نے جواب دیا۔ چند لحظوں کے سکوت کے بعد اس نے گھبرا کر نظریں اٹھائیں۔ سیاہ ساڑی میں ملبوس، کمر پر ہاتھ رکھے، سیاہ اونٹ کی طرح اس کے سامنے کھڑی الماس اس سے کہہ رہی تھی۔'' کیسا عجیب اتفاق ہے پیرو جا ڈیر! میرے منگیتر کا نام بھی خورشید عالم ہے وہ بھی وائلن بجاتے ہیں، وہ بھی پیرس سے آئے ہیں اور ان دنوں اپنے والد سے ملنے وطن گئے ہوئے ہیں۔

اگست کے آسمان پر زور سے بجلی چمکی مگر کسی نے نہیں دیکھا کہ وہ کڑکتی ہوئی بجلی آن کر پیرو جا دستور پر گر گئی۔ وہ کچھ دیر تک ساکت بیٹھی رہی پھر اس نے اس عالی شان عمارت پر نظر ڈالی اور اپنے تاردیو کے فلیٹ کا تصور کیا۔ بجلی پھر چمکی اور مالا بار ہل کے اس منظر کو روشن کر گئی۔ چشم زدن میں ساری بات پیرو جا کی سمجھ میں آ گئی، اور یہ بھی کہ اپنے خطوں میں خورشید عالم نے الماس کا ذکر کیوں نہیں کیا تھا اور کچھ عرصے سے شادی کے تذکرے کو وہ اپنے خطوط میں کس وجہ سے ٹال رہے تھے۔ وہ آہستہ سے اٹھی اور اس نے آہستہ سے کہا:

''اچھا بھئی الماس، منگنی مبارک ہو۔ خدا حافظ۔''

''جا رہی ہو پیرو جا؟ ٹھہرو، میری کار تم کو پہنچا آئے گی ____ ڈرائیور ____'' الماس نے سکون کے ساتھ آواز دی۔

''نہیں الماس۔ شکریہ۔'' وہ تقریباً بھاگتی ہوئی پھاٹک سے نکلی۔ سڑک سے دوسری طرف اسی وقت بس آن کر رکی۔ وہ تیزی سے سڑک پار کر کے بس میں سوار ہو گئی۔

فوارے کے پاس کھڑی الماس پھاٹک کی طرف دیکھتی رہی۔ بارش کی زبردست بوچھار نے پام کے درختوں کو جھکا جھکا دیا۔ وہ جلدی سے قدم اٹھاتی، کیچڑ سے بچتی برساتی کے اندر چلی گئی۔

اس واقعہ کے تیسرے روز خوشید عالم کا خط الماس کے والد کے نام آیا جس میں انہوں نے

اپنے ابا میاں کی شدید علالت کی وجہ سے رخصت کی میعاد بڑھانے کی درخواست کی تھی۔ انہوں نے الماس کے والد کو یہ نہیں لکھا کہ اس خبر سے کہ ان کا اکلوتا لڑکا کسی مسلمان رئیس زادی کے بجائے کسی پارسن سے شادی کر رہا ہے ____ ان کے کٹر مذہبی ابا جان صدمے سے جاں بلب ہو چکے ہیں۔ خورشید عالم کے خط سے ظاہر تھا کہ وہ بے حد پریشان ہیں۔ جواب میں الماس نے خود انہیں لکھا:

"آپ جتنے دن چاہیں وہاں رہیئے ڈیڈی آپ کو غیر تو نہیں سمجھتے۔ ہم سب آپ کی پریشانی میں شریک ہیں۔ آپ ابا میاں کو علاج کے لئے یہاں کیوں نہیں لے آتے؟"

برسبیل تذکرہ کل میں سوئمنگ کے لئے سن اینڈ سینڈ گئی تھی۔ وہاں ایک بڑی دل چسپ پارسن مس پیرو جادستور سے ملاقات ہوئی جو پیانو بجاتی ہے اور پیرس سے آئی ہے اور شاہد کسی امریکن کی گرل فرینڈ ہے اور شاید اسی کے ساتھ سن اینڈ سینڈ میں ٹھہری ہوئی ہے۔ میں نے آپ کو اس لئے لکھا کہ غالباً آپ بھی کبھی اس سے ملے ہوں پیرس میں۔

اچھا ____ اب آپ ابا میں کو لے کر آجایئے۔ تار دیجئے تا کہ یہاں بریچ کینڈی ہسپتال میں ان کے لئے کمرہ ریزرو کر لیا جائے ____

آپ کی مخلص ____ الماس

شام پڑتے تاردیو کی خستہ حال عمارت کے سامنے ٹیکسی آکر رکی اور خورشید عالم باہر اترے۔ جیب سے نوٹ بک نکال کر انہیں نے پتے پر نظر ڈالی اور عمارت کے لب سڑک برآمدے کی دھنسی ہوئی سیڑھی پر قدم رکھا سامنے ایک دروازے کی چوکھٹ پر چونے سے جو "چوک" صبح بنایا گیا تھا، وہ اب تک موجود تھا۔ اندر نیم تاریک کمرے کے سرے پر کھڑکی میں ایک بوڑھا پارسی صدرا اور میلی سفید پتلون پہنے، سر پر گول ٹوپی اوڑھے، کمر میں بندھی "کستی" کھول کر اس میں گرہیں لگاتے ہوئے زیر لب دعائیں پڑھ رہا تھا۔ ایک طرف میلی سی آرام کرسی پڑی تھی۔ وسطی میز پر رنگین موم جامہ بچھا تھا۔ دیوار پر زرتشت کی بڑی سی تصویر آویزاں تھی۔ کمرے میں ناریل اور

مچھلی کی تیز باس اندر ہی تھی۔ ایک بوڑھی پارسن سرخ جارجٹ کی ساڑی پہنے، سر پر رومال باندھے منڈیا ہلاتی اندر سے نکلی۔

''مس دستور ہیں۔''

''پیروجا؟'' پارسن نے دھندلی آنکھوں سے خورشید عالم کو دیکھتے ہوئے جواب دیا۔'' حد ہوگئی ہے سینڈ اینڈ سینڈ۔''

''کیا؟ کیا مس دستور سن اینڈ سینڈ میں منتقل ہوگئی ہیں؟''

بہری پٹ ضعیفہ نے اقرار میں سر ہلایا۔

''کس کے ___ کس کے ساتھ ___؟'' خورشید عالم نے ہکلا کر پوچھا۔

بوڑھی غراپ سے اندر گئی اور ایک وزیٹنگ کارڈ لا کر خورشید عالم کی ہتھیلی پر رکھ دیا۔ کارڈ پر کسی امریکن کا نام درج تھا۔

''تم مسٹر کھورشیٹ عالم ہو؟ پیروجا نے کہا تھا کہ تم آنے والے ہو۔ اگر اسے ڈھونڈتے ہوئے یہاں آؤ تو میں فوراً اس کو جو ہو فون کر دوں۔ اور تم کو یہ بتاؤں کہ وہ کہاں گئی ہے!'' اس نے بلاؤز کی جیب سے پچیس پیسے نکالے۔ خورشید عالم نے ہکا بکا ہو کر بوڑھی کو دیکھا۔

''آپ کو اس صورت حال پر کوئی اعتراض نہیں؟''

بہری بھنڈ ضعیفہ نے نفی میں سر ہلایا۔ ''ہم بہت غریب لوگ ہیں مگر اب پیروجا کو ایک امریکن ___'' دفعتہً مسز دستور کو یاد آیا کہ انہوں نے مہمان کو اندر ہی نہیں بلایا ہے اور انہوں نے پیٹھ جھکا کر کہا۔'' آؤ اندر آجاؤ۔''

خورشید عالم مبہوت کھڑے رہے۔ پھر تیزی سے پلٹ کر ٹیکسی میں جا بیٹھے۔

''بائی بائی۔'' ضعیفہ نے ہاتھ ہلایا۔

بوڑھا پارسی دعا ختم کر کے باہر لپکا مگر ٹیکسی زن سے آگے جا چکی تھی۔

جس روز الماس اور خورشید عالم کی منگنی کی دعوت تھی، ایسی ٹوٹ کر بارش ہوئی کہ جل تھل

ایک ہو گئے۔ ڈنر سے ذرا پہلے ، رش تھمی اور خورشید عالم اور الماس کے والد کے دوست ڈاکٹر صدیقی جو حال ہی میں تبدیل ہو کر بمبئی آئے تھے۔ بالکنی میں جا کھڑے ہوئے۔ جس سے کچھ فاصلے پر برج خموشاں کا اندھیرا جنگل بھیگی ہوئی ہوا میں سائیں سائیں کر رہا تھا۔ اندر ڈرائنگ روم میں قہقہے گونج رہے تھے اور گرینڈ پیانو پر رکھے ہوئے نقرئی شمع دان میں موم بتیاں جھلملا رہی تھیں۔ بڑا سخت رومنٹک اور پُر کیف وقت تھا۔ اتنے میں گیلری میں ٹیلی فون کی گھنٹی بجی۔ ایک ملازم نے آ کر الماس سے کہا۔ ''خورشید صاحب کے لئے فون آیا ہے۔'' دلہن بنی ہوئی الماس لپک کر فون پر پہنچی۔ ایک مقامی ہسپتال سے ایک نرس پریشان آواز میں دریافت کر رہی تھی۔ ''کیا مسٹر عالم وہاں موجود ہیں؟''

''آپ بتائیے مسٹر عالم سے کیا کام ہے؟'' الماس نے درشتی سے پوچھا۔

''مس پیرو جا دستور ایک مہینے سے یہاں سخت بیمار پڑی ہیں۔ آج ان کی حالت زیادہ زیادہ نازک ہو گئی ہے۔ انہوں نے کہلوایا ہے کہ اگر چند منٹ کے لئے مسٹر عالم یہاں آ سکیں ___''

''مسٹر عالم یہاں نہیں ہیں۔''

''آر یو شیور؟''

''یس آئی ایم ویری شیور'' الماس نے گرج کر جواب دیا۔ ''کیا آپ سمجھتی ہیں میں جھوٹ بول رہی ہوں؟'' اور کھٹ سے فون بند کر دیا اور ذرا سراسیمگی سے مہمانوں میں آ شامل ہوئی۔

دو گھنٹے بعد پھر فون آیا۔

''ڈاکٹر صدیقی آپ کی کال ___'' گیلری میں کسی نے آواز دی۔ ''آپ کو فوراً ہسپتال بلایا گیا ہے۔''

ڈاکٹر صدیقی جلدی سے ٹیلی فون پر گئے۔ پھر انہوں نے الماس کو آواز دی۔ ''بھئی معاف کرنا مجھے، بھاگنا پڑ رہا ہے۔''

الماس دروازے تک آئی۔ ''کل ضرور آیئے گا، ہم لوگ ویک اینڈ کے لئے پونا جارہے ہیں۔''

ضرور ___ ضرور ___ گڈنائٹ ___ '' ڈاکٹر صدیقی نے کہا اور باہر نکل گئے۔

بریچ کینڈی کے ہسپتال میں صحت یاب ہو کر خورشید عالم کے ابا میاں خوش خوش پرتاب گڈھ واپس جا چکے تھے۔ جب تک کمبالا ہل والا فلیٹ تیار نہیں ہوا جو دلہن کو جہیز میں ملا تھا۔ شادی کے بعد دولھا میاں سسرال ہی میں رہے۔ اکثر صبح کو دفتر جانے سے قبل بالکنی میں جا کھڑے ہوتے۔ نیچے پہاڑ کے گھنے باغ میں سے گزرتی بل کھاتی سڑک برج خموشاں کی طرف جاتی تھی۔ وقتاً فوقتاً سفید براق کپڑوں میں ملبوس پارسی ''نسیار'' سفید رومالوں کے ذریعہ ایک دوسرے کے ہاتھ تھامے قطاریں بنائے جنازہ اٹھائے دور پہاڑی پر چڑھتے نظر آتے۔ کوّے اور گدھ درختوں پر منتظر بیٹھے رہتے۔ برج خموشاں کے احاطے کا پھاٹک دور کیمپس کارنر پر کھلتا۔ پھاٹک پر ایک جھاڑ جھنکاڑ داڑھی والا خوفناک بوڑھا پھونس پارسی دربان ساکت بیٹھا رہتا تھا۔ سفید ساریوں اور سفید کپڑوں میں ملبوس سوگوار پارسی، میت چڑھانے کے بعد سرسبز پہاڑی سے اتر کر اپنی اپنی موٹروں میں بیٹھ جاتے۔ پھاٹک کے باہر زندگی کا پُر جوش سمندر اسی طرح ٹھاٹھیں مارتا رہتا۔ مقابل کے عمارت پر ایر انڈیا کے ''مہاراجہ'' کا اشتہار نت نئے پُر لطف الفاظ میں ان زندہ انسانوں کو ساری دنیا میں پھیلے ہوئے ایک سے ایک دل چسپ شہروں تک سفر کرنے کی دعوت میں مصروف رہتا۔

''اس'' نے ایک بار خط میں لکھا تھا۔ ''ذہن کی ہزاروں آنکھیں ہیں۔ دل کی آنکھ صرف ایک لیکن جب محبت ختم ہو جائے تو ساری زندگی ختم ہو جاتی ہے۔''

سمندر کی موج پل کے پل میں فنا ہو گئی۔ آسمان پر سے گزرنے والے بادل فضا میں تحلیل ہو چکے۔ جب وہ مری ہوگی تو کوّوں اور گدھوں نے اس کا کس طرح سواگت کیا ہوگا۔ اس طوفانی رات کو ہسپتال کے وارڈ سے نکل کر اس کی روح جب آسمانوں پر پہنچی ہوگی اور عالم بالا کے گھپ

اندھیرے میں کسی دوسری روح نے اس سے ٹکرا کر پوچھا ہوگا۔ ''تم کون ہو؟'' تو اس نے جواب دیا ہوگا۔

''پتہ نہیں ــــــ میں ہی تو مری ہوں۔''

اب تک اس کی روح کہاں سے کہاں نکل گئی ہوگی۔ مرے ہوئے انسان زیادہ تیزی سے سفر کرتے ہیں۔

تارا بائی اپنی روشن آنکھوں سے صاحب کے گھر کی ہر چیز کو ارمان اور حیرت سے دیکھتی ہے۔ وہ صاحب کو حیرت سے تکا کرتی ہے۔ الماس بیگم اب امید سے ہیں بہت جلد تارا بائی کا کام دوگنا بڑھ جائے گا۔

آج صبح آئی اسپیشلسٹ ڈاکٹر صدیقی آئے تھے۔ جب تارا بائی ان کے لئے چائے لے کر برآمدے میں گئی تو وہ چونک پڑے اور خوشی سے پوچھا۔ ''ارے تارا بائی ــــــ تم یہاں کام کر رہی ہو؟

''جی داگدر صاحب ــــــ'' تارا بائی نے شرما کر جواب دیا۔

''اب صاف بھائی دیتا ہے؟''

''جی داگدر صاحب ــــــ اب سب کچھ بہت صاف بھائی دیتا ہے۔''

''گڈ ــــــ پھر وہ مسٹر اور مسز خورشید عالم سے مخاطب ہوئے۔ ''بھئی یہ لڑکی دس سال کی عمر میں اندھی ہوگئی تھی۔ مگر خوش قسمتی سے اس کا اندھا پن عارضی ثابت ہوا۔ تمہیں یاد ہے الماس تمہاری انگیج مینٹ پارٹی کی رات مجھے ہسپتال بھاگنا پڑا تھا؟ وہاں ایک خاتون مس پیرو جا دستور کا انتقال ہوگیا تھا۔ انہوں نے مرنے سے چند روز قبل اپنی آنکھیں آئی بنک کو ڈونیٹ کرنے کی وصیت کی تھی۔ لہٰذا ان کے مرتے ہی مجھے فوراً بلایا گیا کہ ان کی آنکھوں کے ڈیلے نکال لوں۔ بے حد نرگسی آنکھیں تھیں بے چاری کی۔ جانے کون تھی غریب۔ ایک بہری بھنڈیا پارسن پلنگ کے سرہانے کھڑی بُری طرح روئے جارہی تھی۔ بڑا الم ناک منظر تھا ــــــ خیر تو چند روز بعد اس تارا

بائی کا ماموں اسے میرے پاس لایا تھا۔اسے کسی ڈاکٹر نے بتایا تھا کہ نیا کورنیا لگانے سے اس بچی کی بینائی واپس آسکتی ہے۔ میں نے وہی مس دستور کی آنکھیں ذخیرے میں سے نکال کر ان کا کورنیا اس لڑکی کی آنکھوں میں گرافٹ کردیا۔ دیکھو کیسی تارا ایسی آنکھیں ہوگئیں اس کی۔ واقعی میڈیکل سائنس آج کل معجزے دکھا رہی ہے۔"

ڈاکٹر صدیقی نے بات ختم کر کے اطمینان سے سگریٹ جلا لیا ہے۔مگر الماس بیگم کا چہرہ فق ہوگیا ہے۔خورشید عالم لڑکھڑاتے ہوئے اُٹھ کر جیسے اندھوں کی طرح ہوا میں کچھ ٹٹولتے ٹٹولتے اپنے کمرے میں چلے گئے ہیں۔تارابائی ان کی یہ کیفیت دیکھ کر بھاگی بھاگی اندر جاتی ہے،تو صاحب پلٹ کر باؤلوں کی طرح اسے تکنے لگتے ہیں۔تارابائی کی سمجھ میں کچھ نہیں آتا۔وہ بوکھلائی ہوئی باورچی خانے میں جا کر برتن دھونے میں مصروف ہو جاتی ہے۔اور برج خموشاں پہ اسی طرح گدھ اور کوے منڈلا رہے ہیں۔

کاگا سب کھائیو چُن چُن کھائیو ماس
دو ئی نیناں مت کھائیو پیا ملن کی آس

☆☆

رضیہ سجاد ظہیر

کچھ تو کہیے

جاوید نے حسب دستور سائکل ایک جھٹکا کے ساتھ برآمدے میں چڑھائی دھڑ ام سے دروازہ کھولا۔ اندر والے برآمدے میں چائے میز پر لگی تھی اس پر ایک نظر ڈالی اور ہاتھ دھونے لگا۔ شوہر کے آنے کی آہٹ پا کر یاسمین ہاتھ میں نمک پاروں کی بھری ہوئی پلیٹ لیے نکلی جاوید بیوی کو دیکھتے ہی بولا "یمی بھئی ساڑھے تین بجے سے میچ ہے اور تین بج رہے ہیں، میرے کپڑے نکال دیجیے۔"

یاسمین آہستہ سے بولی "ہاں نکال دیئے ہیں ـــــــ"

جاوید اپنے میچ کے چکر میں اس قدر مصروف تھا کہ اسے نہ تو یاسمین کے چہرے پر بدلتے ہوئے جذبات نظر آئے نہ لہجے کی افسردگی کا احساس ہوا، کھٹاک سے کرسی کھینچ کر وہ چائے پر ڈٹ گیا۔ ـــــــ

جاوید باہر نکلا تو یاسمین دروازہ بند کر رہی تھی کہ اسے دور سے پروین آتی ہوئی دکھائی دی، پروین کو آتے دیکھ کر یاسمین کو نہ جانے کیوں ایک دم سے وہ دن یاد آئے جب وہ پروین کے برابر تھی کیا امنگوں کا زمانہ تھا۔ آئینہ دیکھنے کے کچھ معنی تھے، پھولوں میں رنگینی ایک بات تھی خوشبو میں ایک کیفیت تھی ؟ قدم قدم پر زندگی اور نئی اور بہاراں لگتی تھی، پھر انعام کی صورت اس کی نظروں میں پھرنے لگی انعام جو اس کو چاہتا تھا، اسے پیار کرتا تھا، اسے اپنے گھر کی رانی بنانے کی تمنا رکھتا تھا ـــــــ اب وہ نہ جانے کہاں ہوگا، اتنے برس ہوئے جب معلوم ہوا تھا کہ کلکتہ میں ہے کسی فرم میں ہے اور شادی نہیں کی ہے۔ شعر بہت اچھے کہتا ہے۔ شعر تو وہ جب بھی بہت اچھے کہتا تھا ـــــــ وہ کیا کہا تھا اس نے .... پروین نے دور سے ہی آواز دی "ہلو امی" اور پھر دوڑتی ہوئی

آکر اسے لپٹ گئی۔"امی ____ ذرا تکلیف کر کے ہمارا گلابی جوڑا استری کر دیجئے ____ وہ اختری کی سالگرہ ہے ____ ہم اسے پریزنٹ تو وہ دے دیں گے عطر عنا کی شیشی جو...."عطر حنا کے ذکر پر یاسمیں کو اپنی شادی کا شروع زمانہ یاد آ گیا ____ کبھی کبھی انسان کو نہ جانے کیا ہو جاتا ہے کہ یادیں آتی ہی چلی جاتی ہیں ____ جب بھی باہر جانا ہوتا تو جاوید یاسمین کے کپڑے خود انتخاب کرتا، جاوید کے دفتر سے آنے کا وقت ہوتا تو یاسمین خاص اہتمام سے تیار رہتی ____ پروین اور اصغر جب تک چھوٹے رہے تو وہ بھی اپنی امی کے تیار ہونے کا انتظار کرتے رہتے اور پھر اسے آنکھیں پھاڑے دیکھا کرتے ____ اصغر کے خیال پر اس کو یاد آیا کہ کل ہی اس کا خط علی گڑھ سے آیا تھا جس میں ایک بات بار بار دوہرائی گئی تھی "میرے گرم کپڑے سب ٹھیک کر دیجئے گا۔

ڈبیٹ میں کانپور جارہا ہوں، واپسی میں لکھنؤ سے ہوتا ہوا آؤں گا۔"

یاسمیں نے ایک ٹھنڈی سانس بھری اب زندگی کتنی عجیب ہو گئی تھی کئی سال سے اس نے اچھے کپڑے پہننے چھوڑ دیئے تھے، کہتی تو وہ یہی تھی اب میں کیا پہنوں پروین پہنے گی لیکن اصل بات یہ تھی کہ وہ کس کو دکھانے کے لئے پہنتی، جاوید اب اس سے فرمائش ہی نہیں کرتا تھا کہ یہ پہنو وہ پہنو ____ وہ خود سے جاوید کے لئے بن سنور کر کیوں اپنی ناک نیچی کرتی۔ آخر کہہ کے تو کسی سے محبت نہیں کی جا سکتی۔ جاوید تو فٹ بال اور ریسرچ میں مصروف رہتا تھا۔ اور اصغر اور پروین ہر وقت اپنی پڑھائی اور اپنے دوستوں میں لگے رہتے تھے۔ ویسے تو لگتا تھا کہ گھر میں ہر شخص کو اس کی ضرورت ہے لیکن اس کی ذات جیسے ویٹنگ روم بن گئی تھی کہ سب ہی گاڑیاں ٹھہرتی تھیں پر اپنا وقت ختم کر کے چلی جاتی تھیں ____ سب ہی مسافر اترتے تھے پر اپنے اپنے رستے نکل لیتے تھے ____ بیٹا بیٹی شوہر سب اس کے محتاج تھے مگر اپنی ضرورت کے لئے اپنے آرام کے لئے ____ اس کی ذات سے پیار کرنے والا اس کے دکھ درد کو محسوس کرنے والا کوئی بھی نظر نہیں آتا تھا ____ اسنے پھر ایک ٹھنڈی سانس بھری ____ اور پروین کا گلابی جوڑا نکالنے لگی۔ پروین کے

جانے کے بعد وہ اصغر کے گرم موزے رفو کرنے بیٹھ ہی رہی تھی کہ دستک ہوئی ''محمود ____ دیکھ دروازے پر کون ہے۔ کہہ دینا صاحب نہیں ہیں۔''

محمود ایک پرچہ لئے ہوئے واپس آیا اور یاسمین کی طرف بڑھتا ہوا بولا ''بیگم صاحب کوئی آپ سے ملنے آیا ہے۔''

پرچے پر نظر پڑی تو رفو کی سوئی یاسمین کی انگلی میں دھنستے دھنستے رہ گئی ااسے یوں لگا کہ سترہ سال کسی کونے میں جا چھپے اور پرانا زمانہ خزاں کے کسی سوکھے پتے کی طرح کہیں سے اڑتا ہوا یکا یک اسکے قدموں پر آگرا ____ اس کے سامنے حروف اور الفاظ ناچ رہے تھے ''انعام الرحمٰن ____ کلکتہ۔''

وہ اٹھی بہکتے قدموں اور دھڑکتے دل سے کھڑکی کی آڑ سے باہر نظر ڈالی ____ ہاں انعام ہی تھا، وہی لمبا قد گھونگھریالے بال البتہ ان میں کافی سفیدی آگئی تھی ____ ویسی ہی نیلی ٹائی اور فاختی سوٹ ہاتھ میں اسی ادا سے سگریٹ دبا، دوسرا ہاتھ اسی طرح پتلون کی جیب میں پڑا۔

یاسمین نے دروازہ کھولا اور بغیر انعام کی طرف دیکھے مڑ کر اندر چلنے لگی، وہ پیچھے پیچھے آیا میز پر لگے چائے کے برتنوں کو دیکھ کر بولا ''واہ بھئی بڑے موقع سے آئے ہم ____ تم چائے پی چکیں۔''

یاسمین نے کرسی کا ہتھہ پکڑا، آہستہ سے بہکتے ہوئے الفاظ میں بولی ''تم پیو گے۔''

''ضرور ____ لیکن یہاں نہیں ____ تم......اگر تیار ہو جاؤ تو کہیں چلیں۔''

پھر آہستہ سے بولا ''کوئی گلابی ساری ہو تو پہننا۔''

یاسمین کو عجیب لگا ____ مدتوں کے بعد کسی نے اس سے کہا کہ ایسے رنگ کے کپڑے پہنو ____

جاوید میچ جیت کر آیا ____ داخل ہوتے ہی آواز دی۔

''سیمیں'' ____ خالی گھر میں ایک گونج سنائی دی سیمیں ____ ''

کمرے میں چاروں طرف سناٹا چھایا تھا اور ایسے آثار نمایاں تھے کہ یاسمین جلدی میں تیار ہو کر کہیں گئی ہے ____ سینٹ کی ہلکی سی خوشبو فضا میں رچی تھی، تکیہ پر پڑی ہوئی کنگھی میں دو چار بال الجھے ہوئے تھے، پلنگ کے نیچے جوتے کا ڈبہ لونڈھا پڑا تھا جس کے معنی تھے کہ وہ نئی سینڈل پہن کر گئی ہے ____ چھوٹی میز پر وہ ڈبہ کھلا پڑا تھا ____ جس میں یاسمین اپنے بندے اور ہار رکھتی تھی مدتوں بعد نظر آیا یہ کہ ایک عرصہ سے یاسمین نے زیور پہننا چھوڑ دیا تھا، نہ کپڑوں ہی کا کوئی خاص خیال کرتی تھی ____ اور اگر یاسمین کا جو دل تو نہ چاہتا تھا کہ جاوید کے لئے خوبصورت کپڑے پہنے، زیور پہنے، بنے سنورے پھر جاوید کیوں اس سے کہہ کر بھرم کھوتا؟ آخر کہہ کے تو کسی سے محبت نہیں کروائی جا سکتی' وہ کیوں اپنی ناک نیچی کرتا؟ ____ اس نے ایک سگریٹ نکال کر منہ میں لگایا اور اس طرح ماچس جلائی جیسے اپنے آپ کو اور اس سارے گھر کو پھونک کر رکھ دے گا ____ جلتی دیا سلائی سگرٹ تک پہنچا ہی چاہتی تھی کہ صدر دروازہ کھلا، یاسمین کی ہنسی کی آواز آئی، پھر خدا حافظ سنائی دیا، بھاری قدموں کے واپس لوٹنے کی آہٹ آئی اور یکایک یاسمین اس کے سامنے آکر کھڑی ہوگئی ____ وہ جیسے حیران رہ گیا ____ سترہ سال پہلے کی یاسمین پھر زندہ ہوگئی تھی! گلابی ساڑی، بالوں میں پھول گلے اور کان میں زیور، پاؤں میں نئی سینڈل اور پھر وہ یکایک ہنسی پڑی ____ سترہ سال پہلے کی ہنسی جاوید کے کانوں میں گونجنے لگی ____ مدتوں بعد سنائی دی یہ ہنسی!

''کیا دیکھ رہے ہو بھئی'' یاسمین ذرا جھینپ کر بولی ____ ''دیکھتا ہوں کہ......تم ایک دم سے اتنی اچھی کیسے لگنے لگیں'' ____ یاسمین چپ رہی ا جاوید نے کرسی پر پہلو بدلا آہستہ سے بولا تمہیں یاد ہے شادی کے دوسرے دن بڑی باجی والی دعوت میں تم نے گلابی ساری پہنی تھی ____ اس دن بھی یہ رنگ تم پر بہت اچھا لگ رہا تھا اور آج بھی......''

یاسمین مسکرائی اور گردن آگے بڑھا کر بہت دھیمے سے شکایتی لہجے میں بولی لیکن اس دن اور آج کے دن کے بیچ میں تم نے کیوں نہیں سوچا کہ مجھ پر گلابی رنگ اچھا لگتا ہے۔''

جیلانی بانو

ظلِ سبحانی

سا ـــــ رے ـــــ !گا ـــــ ما ـــــ پا ـــــ دھا ـــــ نی

ظلِ سبحانی بھیرویں کے سروں پر پلکیں جھپکانے لگے۔

محل کا بوڑھا موسیقار آج اپنے حجرے کے بجائے ظلِ سبحانی کی خواب گاہ کے نیچے بیٹھا گیا تھا۔ تاکہ پو پھٹنے سے پہلے ظل سبحانی کو جگا سکے۔

ہوا یوں اس لیے کہ کل دربار عام کا اعلان ہوتے ہی سارے ملک میں تہلکہ مچ گیا۔ دربار عام کے جھروکے سے نظر آنے والے درو بام کو خوبصورت بنانے کی کارروائی شروع کردی گئی۔ بعض اونچے مکانوں کو چند گھنٹوں میں گرادینا پڑا۔ تاکہ ظلِ سبحانی سورج کے حسن کو کسی رُکاوٹ کے بغیر دیکھ سکیں۔ سڑکوں اور بدصورت بلڈنگوں پر رنگ کیا گیا۔ محل کے سامنے سے گزرنے والی ٹریفک کو کنٹرول کرنے کے لئے پولیس کے خصوصی دستے ساری رات انتظامات میں مصروف رہے۔

پھر جب زلفِ شب کمر تک پہنچی تو بوڑھے موسیقار کی آواز محل کے اندھیرے میں ایک ننھے سے ستارے کی طرح لو دینے لگی۔

سا ـــــ رے ـــــ !گا ـــــ ما ـــــ پا ـــــ دھا ـــــ نی

بھیرویں کے سات کومل سُر مل کر ایک سُر ساگر بنے اور سارے محل میں بہنے لگے۔ سروں کا یہ سمپورن سنگار روپ اندھیرے میں پھیلنے لگا تو گہری تاریکی میں لپٹا ہوا سورج بھی جیسے بے کل اٹھا اور ظلِ سبحانی نے اپنے پاس لیٹی ہوئی عورت کو لات مارنے کے بعد سونے کے نقشین چھپر کھٹ سے نیچے دھکیلا اور زور سے ڈانٹا ـــــ

"یہ کیسا شور ہے ـــــ؟"

''ظلِ سبحانی، آج حضور کے حکم کے مطابق محل کا موسیقار عالی جاہ کو صبح کا راگ گا کر جگا رہا ہے تا کہ عالی جاہ نکلتے سورج کا خوبصورت نظارہ کر سکیں۔'' ایک غلام نے ڈر کے مارے کانپتے ہوئے عرض کیا۔

''تو کیا سورج نکل گیا ——؟'' انھوں نے غصہ میں ریشمی تکیے کو پیٹ ڈالا۔

''جی —— جی حضور —— بس اب نکلنا ہی چاہتا ہے۔''

اصل بات یہ تھی کہ ابھی سورج محل سے بہت دور تھا۔ مگر بوڑھے موسیقار کی آواز نے چاروں طرف ایک جوت سی جگا دی تھی۔

سا —— رے —— اگا —— ما —— پا —— دھا —— نی

''نہیں —— جب تک ہم اسے دیکھنے کے لیے تیار نہ ہو جائیں سورج نہیں نکل سکتا۔''

''جو حکم عالی جاہ''۔ وزیر اعظم دونوں ہاتھوں سے ڈھیلی ڈھالی پتلون کو اوپر سرکا کے سامنے کی طرف جھکے اور پھر الٹے پیروں ہوم منسٹر کے پاس دوڑے ——

''سرکار کا حکم ہے کہ جب تک وہ تیار نہ ہو جائیں آج سورج نہ نکلے۔''

''ہائیں —— ! یہ کیسے ہو سکتا ہے ——؟ ہوم منسٹر نے اپنی گنجی چندیا ہاتھ پھیر کر کہا —— اور پھر وہ کچھ سوچ کر سر پر پاؤں رکھ کر بھاگے کلچرل افیرز سے منسٹر ملنے۔

''بھئی یہ چاند، سورج، ستارے تو سب کلچرل افیرز کی منسٹری کے تحت آتے ہیں نا ——؟

''چاند، سوج، ستارے ——؟ ہائے اللہ، یہ کیا کہہ رہے ہیں آپ ——؟'' کلچرل افیرز کی منسٹر ایک خاتون تھیں، جو دن رات اپنی منسٹری میں مصروف رہتیں۔ یعنی آئینے کے سامنے بیٹھی اپنی بھنویں، پلکیں اور زلفیں سنوارا کرتی تھیں۔

''ہاں ہاں، بالکل ہیں۔'' ہوم منسٹر نے غصے سے پاؤں پٹک کر کہا ——

''چاند، سورج، ستارے، یہ سب اسٹیج کے ڈراموں اور کلچرل پروگراموں ہی میں تو کام آتے ہیں نا، تو بس، ظلِ سبحانی کا حکم ہے کہ آج جب تک وہ تیار نہ ہو جائیں سورج نہ نکلے۔''

''اوئی اللہ'' کلچرل افیرز کی منسٹر نے کمر پر ہاتھ رکھا اُنگلی ناک پر لگائی۔'' نکلتے سورج کو میں کیسے روکوں گی جی ——— ؟''

''مت روکو ——— اپنی منسٹری سے بھی ہاتھ دھولو۔'' سورج کی باگ ڈور کلچرل افیرز کی منسٹر کو سونپ کر وہ دوڑے دوسرے انتظامات کی دیکھ بھال کرنے۔

''اے ہے۔اب کیا کروں'' شریمتی منسٹر نے دل پر ہاتھ رکھ کر سوچا اور پھر اُنہیں ایک ترکیب سوجھی۔ ابھی فلم ڈویژن والوں کو فون کروں گی کہ نکلتے سورج کی ایک فلم لاکر محل کے سامنے دکھائیں۔ اب وہ کچھ اطمینان کے ساتھ آئینے کے سامنے بیٹھ کر لپ اسٹک کا شیڈ انتخاب کرنے لگیں۔ اتنی دیر میں دھیمے دھیمے بھیرویں کے سُر ظلِ سُبحانی کو دس نوکروں کی مدد سے تیار کرواکے جھروکے تک لے آئے تھے۔ خواب گاہ سے جھروکے تک تمام راستے کو سُرخ گلابوں سے ڈھانپ دیا گیا تھا۔ جھروکے کے بیچ میں سونے کے فریم والی سرخ مخمل کی کرسی بچھی تھی۔ آس پاس فرانسیسی عطر میں ڈوبے ہوئے مورچھل ہاتھوں میں اٹھائے دو خوبصورت خادمائیں پتھر کی مورت بنی کھڑی تھیں۔

درتانا دیرے نادیم تانہ نا

یالا ئی یالا ئی یالوم تانا دیرے نا

موسیقار اب جیسے اُجالے کو جھنجوڑ رہا تھا۔ بہلاوے دے رہا تھا۔

بجلی کی طرح کبھی ادھر چمکتا، کبھی اُدھر دمکتا ———

''ملاحظہ فرمایئے عالی جاہ۔ یہ کرنوں کا راجہ اب اُجالے کے رتھ پر سوار ہولے ہولے ہماری طرف بڑھ رہا ہے ——— شاعر ایک کونے میں ہاتھ باندھے کھڑا تھا اور اپنی رنگین بیانی سے اس منظر کو اور خوبصورت بنانے کی کوشش کر رہا تھا ——— ڈگمگاتے قدموں اور کانپتے ہاتھوں سے، کئی خاموں کی مدد سے ظلِ سبحانی مسند پر جلوہ نشین ہوگئے۔''

''یہ۔ یہ سورج کدھر سے نکل رہا ہے ——— ؟'' رات کی سرشاری کے کڑوے ذائقے اور

تھکا دینے والی رنگینیوں کی وجہ سے اُن کی زبان لڑکھڑا رہی تھی۔ ہاتھ پاؤں قابو میں نہ تھے۔

''جی ——— جی سرکار ——— وہ ——— وہ ——— وزیر اعظم نے گھبرا کے مدد کے لیے ہوم منسٹر کی طرف دیکھا۔ ہوم منسٹر بھی نہیں جانتے تھے کہ سورج کس طرح سے نکلتا ہے۔ اس لیے انھوں نے فوراً اربن ڈیولپ منٹ کے ڈائرکٹر کو ٹھوکا دیا اور اس نے جلدی جلدی شہر کا نقشہ سامنے پھیلا کر ماتھے سے پسینہ پونچھتے ہوئے کہا۔

''مشرق سے عالی جاہ۔''

''مہ۔ مہ۔ مشرق سے ——— ظلِ سُبحانی نے گرج کر پوچھا۔

''مہ۔ مہ۔ مشرق سے کیوں ——— ہمارے ملک کا سورج مشرق میں کیوں جاتا ہے ——— ؟ اُدھر تو ہمارے دشمن کا علاقہ ہے۔''

''عالی جاہ، اس وقت اپنا چہرۂ مبارک سورج کی طرف رکھیں۔ ملاحظہ فرمائیے کہ نور کی ایک چادر سی آسمان پر لہراتی ہوئی نظر آنے لگی ہے۔ سورج تو حضور روز مشرق ہی سے نکلتا ہے اور مغرب ہی میں ڈوبتا ہے۔''

درتا نا دیرے نا دیم تا نہ نا

موسیقار کی آواز سے جیسے نور کی پھوار سی برس رہی تھی۔

''مہ۔ مہ۔ مغرب میں ڈوبتا ہے۔ ——— ؟ روزانہ یعنی کہ یورپ میں.....؟ ظلِ سُبحانی نے بوجھل آنکھیں کھول کر ہکلاتے ہوئے شاعر سے پوچھا۔

''مغرب کی بے حیائی اور بے دینی دیکھنے کے لیے سورج روز رات کو وہاں رنگ رلیاں منانے جاتا ہے ——— ؟

''ہو منسٹر ——— ؟''

ہوم منسٹر تھر تھر کانپتے ہوئے، اپنی گنجی چندیا کو سامنے جھکائے، ہاتھ جوڑے آگے بڑھے۔

''ہوم منسٹر ——— آج سے ہمارے ملک کا سورج نہ تو مشرق سے نکلے گا اور نہ مغرب میں

ڈوبے گا ـــــ کیا سمجھے ـــــ؟"

"جی ـــــ جی سمجھ گیا جہاں پناہ" ـــــ وزیر اعظم نے جلدی جلدی اس فرمانِ مبارک کو سنہرے فریم والے قرطاس پر سونے کے قلم سے لکھ لیا۔

"ہاں، بابدولت اپنی سلطنت میں بے دینی اور بداخلاقی پھیلتے نہیں دیکھ سکتے۔" انہوں نے تمام درباریوں کو داد طلب نظروں سے دیکھتے ہوئے کہا۔ اُن کے پیچھے وزیر اعظم، وزیر دفاع، ہوم منسٹر، کوتوال شہر اور دوسرے تمام وزیر ہاتھ باندھے، سر جھکائے کھڑے تھے کہ کیا پتہ اس وقت کس کی طلبی ہو جائے۔ وہ سب دل ہی دل میں شاعر کو کوس رہے تھے جس نے آج کی رات ان سب پر نیند حرام کر دی تھی۔

"اب دیکھیے حضور۔" شاعر نے بے حد جوش میں تڑپ کر کہا۔

"اسی منظر کے لیے ایک شاعر نے کہا ہے۔

ہم ایسے اہلِ نظر کو ثبوتِ حق کے لئے
اگر رسول نہ ہوتے تو صبح کافی تھی

شاعر نے ہاتھ اُٹھا کر جھومتے ہوئے شعر سنایا۔

"یہ یہ کس کا شعر ہے ـــ؟ ظلِ سُبحانی اُچھل پڑے۔ "نعوذ باللہ" یعنی اگر رسول نہ ہوتے تو ایک پیالی کافی سے کام چل جاتا اس ملعون شاعر کا ـــ؟ کون ہے وہ دہریہ ـــ اُسے ہمارے سامنے لاکر سو کوڑے مارے جائیں، تاکہ پھر کبھی ایسی کفر کی باتیں نہ بک سکے۔"

"جی مناسب ہے علی جاہ۔" ہوم منسٹر حسب عادت سر پر پیر رکھ کے اس شاعر کو پکڑنے کے لیے بھاگے۔

اب ظلِ سُبحانی نے آنکھیں چندھیا کر سامنے کی طرف دیکھا تو دور آسمان پر سفید پرندوں کی قطاریں اڑتی نظر آئیں۔

"یہ۔ یہ پرندے کہاں جا رہے ہیں ـــ؟" انہوں نے پستول سے فائر کرنے کے انداز

میں وزیر اعظم کی طرف ہاتھ اُٹھا کر پوچھا۔

''جی ظلِ سُبحانی، یہ تو آوارہ پنچھی ہیں۔ صبح سویرے دانے دُنکے کی تلاش میں اُدھر سرحد کے پار جنگلوں کی طرح جارہے ہیں شاید۔'' وزیر اعظم نے اپنی ڈھیلی ڈھالی پتلون تو ند پر سرکا کے دانت نکوسے۔

''کیا ——— کیا ہمارے ملک میں اناج کا قحط ہے جو یہ پرندے سرحد کی طرف جاتے ہیں! اس سے ہمارے ملک کی بدنامی ہوگی ——— وزیر اعظم! کل سے سرحد کی طرف اُڑنے والے تمام پرندوں کو ہلاک کردیا جائے۔''

''جی بہت اچھا جہاں پناہ'' وزیر اعظم نے ڈھیلی ڈھالی پتلون کو توند پر سرکا کر جلدی جلدی فرمان مبارک کو سنہرے فریم والے قرطاس پر سونے کے قلم سے لکھتے ہوئے کہا ——— ؟

''عالی جاہ، اب ملاحظہ فرمایئے اس منظر کو، یہ جو بادلوں کے پیچھے سے سنہری، روپہلی کرنیں آسمان پر ——— ؟''

لیکن دوربین کو آنکھوں پر فوکس کرنے کے بعد ظلِ سبحانی کو سنہری روپہلی کرنیں تو نیچے سڑک پر بکھری نظر آئیں۔ چالیس پچاس لڑکیاں رنگین تتلیوں کی طرح چہلیں کرتی، کہیں اکٹھی جارہی تھیں۔

''وہ ——— وہ ——— ؟'' ظلِ سُبحانی نے اپنے رعشہ سے کانپتے ہاتھ کو اوپر اُٹھایا۔

''جی ——— وہ اُدھر دور یونیورسٹی کیمپس ہے عالی جاہ۔ لڑکیاں ہاسٹل سے نکل کر صبح سویرے چہل قدمی کرنے جارہی ہیں۔'' ہوم منسٹر نے جلدی سے آگے بڑھ کر ہانپتے ہوئے کہا۔

''اتنی بہت سی لڑکیاں ——— ؟ ظلِ سُبحانی نے تھوک نگل کر اس طرف گھورتے ہوتے کہا۔ ان کے ماں باپ پر ان کی شادی کا کتنا بوجھ ہوگا ——— !

ہم اپنی رعایا پر اتنا بوجھ ڈالنا نہیں چاہتے۔''

''جی ——— جی ظلِ سُبحانی، میں ان سب لڑکیوں کو آج ہی حرم مبارک میں پہنچا دینے کا

انتظام کر دوں گا۔" ——— اور وزیر اعظم نے اپنی ڈھیلی ڈھالی پتلون کو توند پر سرکا کے جلدی جلدی سنہرے فریم والی قرطاس پر سونے کے قلم سے لکھ لیا ———

جاگا کرنوں والا، چاروں اور ہوا اُجیارا

بوڑھا موسیقار اب راگ کی سرشاری میں وہاں تک پہنچ گیا تھا، جہاں فضا میں ہر طرف نور ہی نور تھا، رنگ ہی رنگ بکھر رہے تھے۔

"اُف، کتنا خوبصورت منظر ہے۔" شاعر اس خوبصورتی کو دیکھ کر مچل رہا تھا۔

"عالی جاہ! یہی وہ وقت ہے جس کی تعریف میں گیت کار، موسیقار اور مصور ———"

"ہاں بہت اچھا ہے، مابدولت نے پسند فرمایا۔" اور انہوں نے دوربین سے اپنا چہرہ ہٹا کر آنکھیں چندھیا کر، دور کسی طرف دیکھا۔

"وہ۔ وہ دور کیا بلڈنگ ہے۔؟

"وہ سفید سی اونچی بلڈنگ جہاں پناہ!" وزیر دفاع نے بڑی مسرت سے سامنے کی طرف جھک کر کہا ——— "وہ اس خادم کے بیٹے کا مکان ہے حضور۔ آپ کا وہ غلام اس ملک کا بہت مشہور آرکیٹیکٹ ہے۔ اُس نے اپنا مکان بڑی محنت سے بنایا ہے۔"

"اچھا! مابدولت وہ مکان ملاحظہ فرمائیں گے۔" ظلِ سبحانی نے یوں وزیر دفاع کی طرف دیکھا جیسے خلعت سے نواز رہے ہوں۔

"زہے نصیب عالی جاہ۔ جب ارشاد عالی ہو سواری مبارک غریب خانے پر جلوہ افروز ہو۔" وزیر دفاع نے جھک کر سات بار سلام عرض کرتے ہوئے کہا۔

"مگر مابدولت، اُس پھٹیچر سے آرکیٹیکٹ کے مکان میں نہیں جائیں گے۔ پہلے وہ مکان ہماری ملکیت میں داخل کیا جائے۔"

"ذرہ نوازی ہے سرکار۔" وزیر دفاع نے اب کی بار چودہ سلام کیے اور جلدی جلدی وزیر اعظم نے سنہرے فریم والے قرطاس پر سونے کے قلم سے ———"

’’یہ کس کی آواز ہے۔ شاید کوئی فریادی ہم سے انصاف مانگنے آیا ہے۔‘‘

ظلِ سُبحانی نے چونک کر نیچے کی طرف دیکھا۔ ایک بھکاری لڑکا اپنی ٹوٹی ہوئی رکابی بجاتا ہوا گا رہا تھا

اللہ دلوائے گا سو دیوے گا مولا کا پیارا کوئی دیوے گا

’’یہ تو کوئی بھکاری ہے عالی جاہ، صبح سویرے اللہ میاں سے اپنا رزق مانگنے نکلا ہے۔‘‘ ہوم منسٹر نے اپنی گنجی چندیا سے پسینہ پونچھتے ہوئے کہا۔

’’ہمیں یہ لڑکا باغیوں کے گروہ سے معلوم ہوتا ہے۔‘‘ ظلِ سُبحانی نے بڑے مفکرانہ انداز میں آہستہ سے کہا۔ ’’ایسا لگتا ہے کہ کچھ لوگ ملک میں ہمارے خلاف اللہ میاں سے سازش کر رہے ہیں۔ وزیر اعظم! ان تمام بھکاریوں کو پکڑ کر عمر قید کی سزا دو، جو ہماری بجائے ڈائریکٹ اللہ میاں سے اپنا رزق مانگتے ہیں۔‘‘

’’جی مناسب ہے بندہ پرور۔‘‘ وزیر اعظم نے ڈھیلی ڈھالی پتلون اوپر سرکا کر جلدی جلدی سنہرے فریم والے قرطاس پر ــــــ

اب موسیقار نے اندھیرے کو مکمل شکست دے دی تھی اور کرنوں والے دیوتا نے چاروں اور اُجالے کی پچکاریاں سی چھوڑنا شروع کر دی تھیں۔

ظلِ سُبحانی اب تکیے سے ٹیک لگائے، بڑے مدبرانہ اور مفکرانہ انداز میں داڑھی کھجانے لگے۔ پھر کسی خیال کے آتے ہی وہ چونک پڑے اور سونے چاندی کے نقش و نگار والی کرسی کے ہتھے پر ہاتھ مار کر فرمایا۔

’’وزیر اعظم ہمارے ملک میں کسی کے ساتھ نا انصافی تو نہیں ہو رہی ہے! کوئی ظالم ہماری رعایا کو پریشان تو نہیں کر رہا ہے؟‘‘

’’بالکل نہیں عالی جاہ۔‘‘ تمام درباریوں نے ظلِ سبحانی کی طرف جھک کر بہ آواز بلند کورس لگایا۔ ظلِ سُبحانی یہ سُن کر مسکرائے اور ادھر اُدھر دیکھا کر فرمایا

''یہ۔یہ گرمی سی کیوں ہونے لگی اس وقت ــــــ؟''

یہ سنتے ہی مورچھل ہاتھ میں تھامنے والی پتھر کی مورتوں میں حرکت ہوئی اور اُن کے ہاتھ آہستہ آہستہ مورچھل ہلانے لگے۔

''عالی جاہ اگر آج نکلتے سورج کا حسن ملاحظہ فرمالیتے تو اچھا تھا۔کیونکہ اب دھوپ تیزی سے آرہی ہے۔''شاعر نے بڑی بے بسی سے ہاتھ جوڑ کر عرض کیا

''اچھا اب یہ گستاخ سورج ہمارے سامنے تیزی دکھارہا ہے!اچانک ظلِ سُبحانی چلانے لگے۔

''وزیراعظم ــــــ!سورج کو ابھی شوٹ کردو ہمارے سامنے۔اور اس احمق شاعر کا سر بھی قلم کردو جس نے ہمیں اس خودسر سورج کو دکھانے کی زحمت دی آج ــــــ''

ڈھیلی ڈھالی پتلون کو توند پر سرکاکے وزیراعظم نے فوراً دو فائر کیے۔دھائیں۔دھائیں۔"

اچانک سارے ملک میں اندھیرا چھا گیا۔کیونکہ دوسرے فائر کے وقت بندوق کی زد میں سورج کے بجائے بھیردیں کہ وہ سُر آگئے تھے جو روزانہ آکاش اور پاتال کی گہرائیوں سے اُجالے کو کھوج نکالتے تھے۔

☆☆

واجدہ تبسم

مرد

لگتا تھا، نئی نویلی دلہن سورہی ہے۔ ہونٹوں پر وہی جان لیوا مسکراہٹ، بالوں میں وہی چمک، ماتھے پر وہی گھونگر، جو حسن کی حفاظت کے لئے مامور کئے گئے سنپولوں کے مانند پیچ ڈال کر سدا جھومتے رہتے ہیں۔ اور تو اور موت نے چہرے کی شادابی اور گلابی رنگت تک پر کوئی اثر نہیں ڈالا۔

موت ہوئی بھی تو کیسی، اچھے بھلے دونوں مسکراتے، باتیں کرتے، گاڑی میں اُڑے چلے جارہے تھے۔ باتیں بھی کتنی خوش گوار اور میٹھی میٹھی، سہانے خوابوں کی تعبیریں دینے والی۔ اکلوتے جوان بیٹے کی شادی کی باتیں۔ پیچھے سے ٹرک نے اس بری طرح گاڑی کو ہٹ کیا کہ پہلے تو سمجھ میں ہی نہیں آیا کہ ہوا کیا۔ مراد صاحب کو پہلے ہی ہوش آیا۔ لوگوں کی بھیڑ کہ میں سب سے پہلے، بلا کسی شرم لحاظ کے انہوں نے تقریباً چلا کر پوچھا ''میری جان کیسی ہے؟''

جان تو نکل چکی تھی۔ اللہ جانے کیسا دھکا لگا تھا کہ وہ ونڈ اسکرین سے ٹکرائیں اور دوسرے ہی لمحے ختم ہو گئیں۔

موت بھی وہ مسکراہٹ نہیں چھین سکی تھی۔ جو مرتے وقت بیٹے کی شادی کی خوش آئند باتوں نے ان کے من موہنے چہرے پر بکھیر دی تھی اور ان کی وہ بے مثال جوانی۔ چالیس سے اوپر ہو چکی تھیں، لیکن لڑکی جیسی نظر آتیں۔ کسی کسی سراپا پر سے ماہ و سال اس طرح گزر جاتے ہیں کہ اُسے چھوتے تک نہیں، اجاڑنے کا تو سوال ہی پیدا نہیں ہوتا۔ خود بہاریں اس سے بہار حاصل کرتی ہیں۔

مراد صاحب ہنس کر کہتے ''بی جو، بھئی کمال آفت چیز ہو تم بھی۔ پتہ ہے کل پارٹی میں بیگ صاحب نے کیا پوچھا۔''

''کیا پوچھا؟'' وہ ہنس کر بھولی بن جاتیں۔

''کہنے لگے: آپ کی بٹیا کی تعلیم ختم ہو گئی؟ یعنی بھئی کمال ہو گیا! ہم تمہارے ڈیڈی ہو گئے!

''غضب اللہ کا۔ نکاح ہی توڑ دیں گے کیا آپ؟'' وہ ہنس دیتیں۔ نہ گھنگھروؤں میں وہ جھنک تھی، نہ گلاسوں میں وہ کھنک۔ پتہ نہیں کہاں سے چاندی سونے کے گھنگھرو اور ٹوٹتے پیمانوں کی کھنک کو ملا جلا کر اپنے گلے میں بسالیا تھا کہ ہر ساز بے آبرو تھا۔

کبھی جو اُن کی طبیعت ذرا خراب ہو جاتی مراد صاحب پاگل سے ہو جاتے۔

''اللہ، اب یوں نہ گھبرائیں۔ کوئی مَری نہیں جارہوں ہوں۔''

وہ ان کے نرم گرم بھرے بھرے ہونٹوں پر اپنے ہاتھ رکھ دیتے۔'' خدا کے لیے پی چو، ایسے الفاظ منہ سے نہ نکالو۔ میں تو خدا سے بھی ٹکر لے لوں گا تمہارے لیے۔''

''ارے نعوذ باللہ! توبہ کیجئے۔ بھلا کوئی خدا سے بھی ٹکر لے سکتا ہے؟''

''میری جان، میرا مطلب سمجھو۔ میں خدا کے آگے اتنا گڑگڑاؤں گا کہ اسے بھی میری دعا سننی پڑے گی۔''

لیکن گڑگڑانا کام آیا نہ دعائیں قبول ہوئیں۔ ساتھ ساتھ دونوں بیہوش ہوئے۔ خود ہوش میں آئے تو بس پری چہرہ کی لاش ہی دیکھی۔

برسوں پہلے مراد صاحب کے لیے اماں جب لڑکی دیکھ کر لوٹی تھیں تو انہوں نے کہا تھا۔

''دلہن کا نام ہی پری چہرہ نہیں، واقعی پری چہرہ ہے۔ پہلے تو مجھے یقین ہی نہیں آیا کہ یہ بھی اسی دنیا کی بسنے والی ہے۔ لیکن جب سمدھن نے نام بتایا تو پھر میں سوچا کہ پری ہے نا۔ کوہِ قاف سے آئی ہوگی۔ اسی لیے اس دنیا کی نہیں لگتی۔''

مراد صاحب زور سے ہنس دیئے۔''اماں قسم سے آپ تو شاعری کر رہی ہیں۔''

''شاعری واعری میں نہیں کیا کرتی۔ بس اللہ سے میری ایک ہی دعا تھی کہ جیسا میرے بیٹے کا اونچا عہدہ ہے، جتنی شان کی اس کی نوکری ہے، بنگلہ ہے، دلہن بھی اسی لائق ملے، یہ نہیں کہ میاں بی بی کے ساتھ گاڑی سے اتریں تو ایسا لگے جیسے......''

''جیسے لنگور کے ساتھ حور۔'' بیٹے نے ماں کی بات اچک لی۔

''ارے چل موئے۔'' وہ پیار سے اُنھیں گلے لگا کر بولیں۔ ''میرا بیٹا بھی لاکھوں میں ایک ہے
انہیں بڑا مان تھا کہ بالکل شہزادہ جیسا ہے میرا بیٹا۔

پری چہرہ عشق کے مارے مراد صاحب کے لئے پی چو بن گئیں۔

''ارے آپ یہ کیا کہہ کر بلاتے ہیں۔لوگ کیا کہیں گے؟''

''پی چو،لوگ کچھ نہیں کہیں گے۔صرف جلیں گے۔ ہے کسی کے پاس ایسا چاند سا چہرہ؟''

اس چاند سے چہرے کو بیٹے کی پیدائش نے کئی چاندوں کی جگمگاہٹ عطا کردی، ورنہ ہوتا تو ہے کہ بچے لٹیرے ہوتے ہیں، ماں کا حسن لوٹ جاتے ہیں۔ان کا بیٹا تو حسن کی سوغات لے کر اپنا حسین سراپا لئے جب وہ اس کے پیچھے بھاگتی پھرتیں تو مراد صاحب پیچھے سے جا کر ان کی لمبی چوٹی کھینچ لیتے۔

''کیا بیٹے کے پیچھے ہمیں بالکل ہی بھلا دو گی، جان؟''

''اللہ،کیسی باتیں کرتے ہیں آپ! آپ تو سچ مچ میرے دل کی مراد ہیں آپ کی برابری کوئی کر بھی سکتا ہے بھلا؟''

''یہ فرہاد بھی نہیں؟''

''ایسے دس فرہاد ہولیں نا۔'' وہ ذرا جھینپ کر رہ گئیں۔

''اچھا،تو اتنے لمبے چوڑے پروگرام ہیں!'' وہ رنگ میں آ کر ہنسے۔ ''تو پھر چلئے کمرے میں کچھ تیاری ہوجائے۔''

''چھی! آپ تو بالکل ہی ویسے ہیں۔''

''ارے،ہم تو ہمیشہ ہی ویسے ہیں اور ہمیشہ ہی ویسے رہیں گے۔یعنی آپ کے دیوانے، آپ کے عاشق، آپ کے مجنوں، ارے آپ نے ہم سے کبھی کہا ہی نہیں کہ ہمیں آسمان سے ذرا چاند توڑ کر لادیجئے، ہم ٹیکا لگائیں گے۔خدا کی قسم ہم پلک جھپکتے میں حاضر کردیتے۔یا کبھی آپ یہ ننھی سی فرمائش کرتیں، کہ اللہ تھوڑے سے ستارے اتار کر لادیجئے نا، دوپٹے میں ٹانکنے ہیں،تو یہ بندہ

فوراً روانہ ہو جاتا۔"

"آپ......" پی چو رُک رُک کر بولیں۔ کیا واقعی آپ مجھے سدا اتنا ہی چاہتے رہیں گے؟"

"اے جان، آزما کر دیکھو، آزما کر۔ بس ایک بات کی فکر اور قلق رہ جائے گا جانم کہ ہمارا نام قصے کہانیوں میں نہیں آپائے گا، کیونکہ مجنوں کی طرح ہم نہ کبھی صحرا میں پائے گئے۔ نہ مہیوال کی طرح جنگلوں اور بنوں میں رہے بس تمہارے دل کی کتاب میں ہمارا نام ہمیشہ مرقوم رہے گا۔"

وہ شرارت سے اس کی ٹھوڑی چھو کر بولے۔ "یہی بہت کافی ہے۔ تمہارے دل میں ہمارا نام اور تمہاری آنکھوں میں ہماری صورت۔ پھر دنیا میں اور کچھ نہیں چاہئے۔"

پی چو اپنی کھن کھناتی ہنسی ہنس کر کہتیں۔ "اللہ، آپ کے سارے ڈائیلاگس اگر ایک جگہ جمع کر دیئے جائیں نا تو اچھے خاصے رائٹر بن جائیں آپ۔"

"ارے ہم تو آپ کی یہ چاند سی صورت دیکھتے ہی رائٹر، شاعر، سب ہی کچھ بن گئے تھے۔ ہماری کتابیں یا دیوان نہیں چھپا تو اس سے کیا فرق پڑتا ہے، جانم۔"

پری چہرہ کو سخت اُلجھن کا سامنا اُس وقت ہوتا جب غیروں کی محفل میں بھی مراد صاحب اپنی عشق بازی کا مظاہرہ کرنے لگتے۔

"کیوں صاحب، اللہ میاں نے ساری دنیا میں ایک بھی صورت ایسی حسین بنائی ہوگی؟ ارے صاحب، ہم زندہ کیسے ہیں۔ یہی حیرت ہے۔ حسن کی یہ بجلی گرتے ہی ہم خاک کیسے نہ ہو گئے، بس اسی پر تعجب ہے۔ لیکن شاید اس میں بھی اللہ میاں کی مصلحت ہوگی کہ ایسے حسین اور شاداب باغ کے مالی ہم بنیں۔ جی بھر کے گل چینی کریں اور پھر بھی ترستے رہیں۔ ایسا مدھ بھرا پورا کا پورا مے خانہ۔ دل بھر کے نظروں کی شراب پئیں۔ اور پھر بھی پیاسے رہیں۔ مگر خدا کی قدم اس تشنگی میں بھی وہ لذت ہے کہ بار بار جینے اور بار بار مرنے کو جی چاہتا ہے۔"

دوست احباب مزے لیتے۔ آخر مراد صاحب کمشنر تھے۔ کچھ عہدے کا رعب، پھر بلا کے حسین، مردانہ وجاہت کے پُتلے۔ شخصیت کا دبدبہ۔ لوگ کھسیانی ہنسی ہنسنے لگتے۔ لیکن ایک بات

طے تھی کہ ان کے حلقہ احباب میں سب ہی پری چہرہ کو بس آنکھوں ہی آنکھوں میں بٹھائے رکھتے۔ایسی قدر دانی اور عزت بہت ہی کم بیویوں کو نصیب ہوتی ہوگی۔

بنگلے میں داخل ہوتے ہی مراد صاحب ''پی چو۔ پی چو۔'' شروع کر دیتے۔ وہ ہنستی مسکراتی کسی بھی کونے سے سورج بن کر طلوع ہو جاتیں۔

''اللہ آپ کی یہ دیوانگی۔ آہی تو رہی تھی۔ اماں آخر کیا سوچیں گی؟''

وہ سر کھجانے لگتے۔''ارے بھئی اماں زیادہ سے زیادہ یہی سوچیں کہ جوان بیٹا ہے، جوان بہو ہے۔ کچھ نہ کچھ کر گزرنے کا ارادہ ہو رہا ہوگا۔''

''تھو تھو۔''

''آپ کو تو ہر بات بدمعاشی سے شروع ہو کر بدمعاشی پر ہی ختم ہو جاتی ہے، آخر آپ کو ہو کیا گیا ہے، مراد؟''

''مراد؟' وہ سینے پر ہاتھ مارتے'' ہے ہے، کیا لفظ کہہ دیا۔ مراد! بس ہماری ایک ہی تو مراد ہے پیاری کہ آپ سدا ہمارے پہلو میں رہیں۔''

پی چو تو یہ بتلا کرنے لگتیں۔''اتنی ساری سہیلیاں ہیں میری۔ سب ہی اپنے اپنے میاؤں کی بُری بُری باتیں سناتی ہیں، لیکن وہ ساری باتیں مل کر بھی آپ کی ایک دن کی باتوں کا عشرِ عشیر تک نہیں ہو سکتیں۔''

''دیکھو دیکھو، پی چو۔ تم نے پھر گز بڑ والی باتیں شروع کر دیں۔ اب یہ ننھی سی گلابی گلابی، تنک جڑی خوبصورت سی ناک چڑھا کر 'عشرِ عشیر' کہنے کی کیا ضرورت تھی؟ نہیں صاحب، آپ نہیں مانیں گی۔ اب سیدھے سیدھے چلی چلئے بیڈ روم میں۔ جو ہوگا وہیں دیکھا جائے گا۔''

وہ لاک دہائیاں دیتیں، لیکن ہوتا وہی جو مراد صاحب چاہتے۔ عید بقر عید پر، کسی شادی بیاہ کے موقع پر وہ سج دھج کر کام میں مشغول ہیں۔ بس کسی نہ کسی کام کے بہانے مراد صاحب گھسے چلے آ رہے ہیں، اندر بے کل سے بے چین بے چین سے۔ خواہ مخواہ کوئی ضروری کام نکالائے۔

''ارے پی چو......''

''یہ جب دیکھو تب پی چو، پی چو کیا لگا رکھی ہے آپ نے؟ آپ تو بھلے پپیہا ہوتے اور پی کہاں پی کہاں چلاتے پھرتے۔''

''اس وقت بھی تو پی کہاں پی کہاں کر رہا ہوں، جانم۔ یہ بتاؤ میری اتنی ضروری فائل کہاں رکھ دی؟''

''میں نے؟'' وہ ذرا غصے سے کہتیں۔ ''میں نے آپ کی فائل رکھی؟ ارے اپنی اٹیچی یا بریف کیس دیکھئے نا۔'' پھر بھی بے چاری ڈھونڈنے جاتیں۔ ادھر مراد صاحب پیچھے آ کر انھیں بانہوں میں بھر لیتے۔

''اتنی اچھی خوشبو کہاں سے آ رہی ہے یہ؟ اچھا تم نے لگائی ہے شاید بھئی دماغ خراب کر دیتی ہو انسان کا۔ آخر اتنے سارے مہمان گھر میں بھرے پڑے ہیں۔ اب میں یوں کمرے میں قید ہو جاؤں گا تو لوگ کیا کہیں گے؟ یہی نا کہ کیسا زن مرید ہے!'' وہ پری چہرہ کو باتوں میں لگا کر سیدھے لمبے چوڑے بیڈ پر لے آتے۔

''بس یہی ذرا سی شرارت۔ اور پھر...... پھر...... ارے یار، حوا کو اللہ میاں نے آخر آدم کی پسلی سے کیوں نکالا تھا؟ سارا مزا کر کرا کر دیتی ہو بچ بچ کے۔''

دراصل سارا مزہ ہی انہیں اس میں آتا تھا کہ وہ بچ بچ کے رہتی تھیں۔ وہ عورت ہی کیا جو مرد کا اشارہ پا کر آ جائے اور بستر کی طرح بچھ جائے۔ مرد کو تر سانے والی عورت ہی رانی بن کر راج کرتی ہے، ورنہ مرد کی تو فطرت ہی اللہ نے ایسی بنائی ہے کہ وہ فوراً ہاتھ آنے والی عورت کو باندی بنا لیتا ہے۔ مرد کو جھکانے والی، اس سے معافیاں منگوانے والی، اپنے سامنے ناک رگڑنے والی عورت ہی عورت کہلاتی ہے اور سر او نچا کر کے جیتی ہے۔

جوانی بھر پی چو سر اونچا کر کے جیا کیں۔ میاں سدا بھنورا بنے ان کے گرد چکر لگاتے رہے، اور سچ تو یہ ہے کہ پی چو کی جوانی کبھی اس راستے گزری ہی نہیں جس پر چل کر بڑھاپے کی دہلیز آتی ہے۔ بات بات پر، ادا ادا پر نہارنے اور سراہنے والا میاں ہو تو عورت ویسے بھی کبھی بوڑھی نہیں

ہوتی۔ وہ تو فرہاد نے جوانی میں قدم رکھا اور نوکر چاکر آنے جانے والے، سب ہی انہیں، بیگم صاحبہ، جیسے معزز الفظ سے نوازنے لگے تو پری چہرہ کو احساس ہوا کہ میں اب لڑکی سے عورت بن گئی ہوں، ورنہ مراد صاحب کے وہی چونچلے تھے اور وہی مستیاں۔

''اللہ کے لیے مراد...... آخر آپ ہیں کیا؟ برابر میں ہی فرہاد کا کمرہ ہے۔''

''اچھا اچھا، فرہاد کا کمرہ برابر میں ہے۔ تو آپ ایسا کریں کہ اپنی یہ چغل خور چوڑیاں اُتار دیں بجتی ہیں کم بخت تو بجے ہی چلی جاتی ہیں۔''

''یہ بات نہیں مراد۔ اب میں آپ کو کیسے سمجھاؤں، صبح ہی، صبح گیلے بالوں سے اس عمر میں بہت شرم آتی ہے مجھے۔''

دوسرے دن میڈ اِن جاپان ہیئر ڈرائر سنگھار میز پر رکھا ہوا انھیں دیکھ دیکھ کر ہنس رہا تھا۔

''یہ بتایئے، آپ مجھے اتنا چاہتے کیوں ہیں؟ میں سمجھتی تھی، چلو جوانی کے دن ہیں، ندی پر طغیانی آئی ہوگی۔ آپ تو ابھی ویسے ہی سر پھرے ہیں۔ آخر آپ کو میرے پاس آتے ہی ہو کیا جاتا ہے؟'' وہ مسکرائیں۔ ''اب تو سنبھل جایئے۔ چالیس سے اوپر کی ہو رہی ہوں میں۔''

''یہ آپ کو چیزیں رکھ رکھ کے بھول جانے کی بہت بری عادت ہے۔ آپ نے اپنی عمر کے بیس سال کدھر رکھ دیئے؟ ہمیں تو بس بیس ہی نظر آ رہے ہیں۔ اور جب ہمیں بیس نظر آ رہے ہیں تو وہی صحیح ہوں گے۔ سمجھیں آپ؟''

مراد صاحب کے دل کی کلی تو اس وقت کھلی جب ان کے بھتیجے کے لیے دلہن دیکھنے، پری چہرہ، اماں بی، بھابھی جان اور کچھ دوسری خواتین لڑکی کے گھر گئیں۔ وہاں ان سب نے تو لڑکی پسند کر لی، لیکن لڑکی کے ماموں نے جو کنوارے تھے اپنی بہن سے بے حد خوشامد کی کہ ''لڑکے والوں کی طرف سے وہ جو بے حد خوبصورت، لمبے بالوں والی لڑکی بھی آئی ہے اسے ہمارا پیغام پیش کر دیجیے پلیز......''

اس بات کا وہ وہ چرچا ہوا کہ پری چہرہ اپنے آپ میں شرما شرما جاتیں۔ چہرہ گلاب گلاب

ہو جاتا۔اور مراد صاحب اپنی جگہ اکڑ اکڑ کر کہتے۔'' دیکھا جانم؟ ہم نہیں کہتے تھے کہ تم بالکل ٹین ایجر ہو۔دیکھنا یار، کہیں سچ مچ پیغام قبول نہ کر لینا۔کیوں پیاری، ہمیں چھوڑ کر چلی تو نہیں جاؤ گی نا؟''

''توبہ! کیسی باتیں کرتے ہیں آپ بھی۔کم سے کم فرہاد کا تو خیال کرلیا کیجئے، کالج جاتا ہے جوان ہو گیا ہے۔کئی دفعہ تو کترا کر نکل جاتا ہے۔آپ کی ان حرکتوں کو کیا وہ سمجھتا نہیں ہوگا؟''

''ارے سمجھا کرے، جان۔کیا وہ اپنی بیوی کے ساتھ یہی سب کچھ نہیں کرے گا۔ہم تھوڑی اسے منع کرنے جائیں گے۔'' وہ شرابی کی سنک کی طرح گھوم پھر کر ایک ہی بات پر آجاتے۔''تو جانم آپ وہ ماموں کا پیغام قبول کر کے ہمیں چھوڑ کر چلی تو نہیں جائیں گی نا۔آں؟''

اور وہ واقعی چلی گئیں۔ایسی جگہ جہاں جا کر پھر آج تک کوئی واپس نہیں لوٹا۔

مراد صاحب پاگل ہو کر رہ گئے۔

بہت بڑا حلقۂ احباب تھا۔تعزیت کرنے والوں اور پُرسہ دینے والوں کا تانتا بندھا ہوا تھا۔لوگ انھیں سر پٹختا دیکھتے اور دل مسوس لیتے۔خواس پہ جانے کس طرح پی چو چھپائی ہوئی تھیں کہ نیند کی گولیاں بھی اثر نہ کرتیں۔ڈاکٹر بے حد پریشان اور حیران تھے۔چھ چھ گولیاں کھلانے کے باوجود وہ جاگتے، روتے، تڑپتے اور سر پٹختے رہتے۔انجکشن لگانے کے لئے ڈاکٹر قریب آتے تو رو کر عجیب درد بھرے لہجے میں کہتے۔

''ڈاکٹر، نیند کے انجکشن دے کر چاہتے ہو میں اُسے بھول جاؤں؟ زندگی بھر جسے یاد رکھا اور صرف اُسے ہی یاد رکھا، تو کیا ایک نیند کا انجکشن لے لینے سے میں اس کی یاد بھول جاؤں گا؟ نہیں ڈاکٹر نہیں، نیند کا انجکشن نہیں اب صرف موت ہی اسے میرے دل سے ہٹا سکے گی۔اور موت بھی کیوں؟ ہمیں کیا پتہ مرنے کے بعد کیا کیا احساسات ہوتے ہوں گے۔ممکن ہے مرنے کے بعد میں اسے زیادہ یاد کروں، کیونکہ میں نے اُس کے جسم سے زیادہ اس کی روح کو چاہا ہے۔ممکن ہے وہاں روح سے روح......''

ڈاکٹر، جو دوست بھی تھے، مجبور ہو کر ہٹ جاتے۔

تعزیت کرنے والوں میں دہلی سے پری چہرہ کی دوست نجمہ بھی آئی ہوئی تھیں۔ ان ہی کی بیٹی ثمر سے فرہاد کی بات چیت چل رہی تھی۔ نجمہ ویسے بھی کئی بار آتی جاتی رہتی تھیں۔ پری چہرہ اور وہ دونوں ساتھ ساتھ کی کھیلی پڑھی بڑھی تھیں۔ دونوں کے ایک ایک ہی اولاد تھی۔ نجمہ کا خیال تھا کہ ماؤں سے جس طرح بیٹیوں کو ورثے میں مزاج، عادات، اطوار، خوش مزاجی، بدمزاجی ملتی ہے اسی طرح باپوں سے بیٹوں کو ان کی ہر ادا، عادت اور مزاج ملنا لازمی ہے۔ وہ شروع سے دیکھتی آ رہی تھیں کہ مراد صاحب کس قدر ٹوٹ کر پری چہرہ کو چاہتے ہیں۔ اُنھیں یقین تھا کہ فرہاد بھی اپنی ہونے والی دلہن کا یوں ہی پروانہ رہے گا۔ اور جب خود پری چہرہ نے رشتے کی بات چھیڑی تو انھیں بیٹھے بٹھائے جنت مل گئی۔ دونوں کے دل خوشیوں اور ارمانوں سے کیسے لبریز تھے۔ نجمہ پر تو پری چہرہ کی موت کی خبر سنتے ہی بجلی گر پڑی۔ بس یہ ہوا کہ وہ خاک اور راکھ نہ بن پائیں، لیکن مردے سے بدتر حالت میں تھیں۔

ثمر پہلی بار ساتھ آئی تھی۔

یوں تو موت کا گھر تھا، لیکن ثمر کی آمد، اس کے وجود اور اس کی آواز نے جیسے ماحول کو ایک دم زندگی دے دی۔ بلا کا حسن پایا تھا۔

"پلیز ثمر، تم پاپو کو فورس کر کے کچھ کھلا دو۔ پتہ نہیں ان بے چاروں کا کیا ہوگا۔"

"میں کیسے کھلاؤں فرہاد......؟ وہ تو سر تک نہیں اُٹھاتے۔" وہ غم اور ڈر سے ملی جلی کیفیت کے ساتھ بولی۔

"تو آنٹی سے ہی کھلوا دو۔"

"لیکن کیسے فرہاد۔ کمشنر صاحب مانیں تب نا۔" وہ پریشانی سے بولی۔

"کمشنر صاحب؟" فرہاد حیرت سے بولا۔ "تم پاپا کو کمشنر صاحب کہتی ہو؟"

وہ ذرا شرمندہ سی ہو کر بولی۔ "یہ بات نہیں فرہاد۔ اصل میں ممی انہیں کمشنر صاحب کہتی ہیں نے ہمارے ہاں سب یہی کہنے لگے۔ میں تو یہاں پہلی بار آئی ہوں۔ تمہیں برا لگا ہو تو سوری۔"

"اینی وے، میرے پاپا کا مطلب ہے تمہارے پاپا۔ جاؤ، اب انھیں کھانا کھلا دو، یا کم سے کم

چائے بسکٹ۔ بی اے گڈ گرل۔''

اُن کا دھواں دھواں چہرہ، سوجی سوجی آنکھیں، الجھے الجھے بال اور سراپا پر برستی ویرانی دیکھ کر ثمر کا دل دکھ سے بھر گیا۔ چائے کی ٹرے ہاتھوں میں تھامے ہی تھامے وہ دھیرے سے بولی

''کمشنر صاحب۔''

پھر ایک دم اس نے ڈر کر، پلٹ کر کھڑکی کی طرف دیکھا۔ سوچا فرہاد نے سنا ہوگا تو پھر برا مانے گا۔ کیا کروں زبان پر تو یہی چڑھا ہوا ہے۔''

اتنے دن میں آج پہلی بار مراد صاحب نے سر اُٹھا کر دیکھا۔ کچھ نامانوس سی آواز تھی۔ وہ اجنبی نظروں سے اُسے دیکھتے رہے۔ ثمر ڈر سی گئی۔

''آپ پلیز کچھ کھالیں، کمشنر صاحب۔'' اچانک وہ اٹک گئی۔ مم...... میں ثمر ہوں۔''

''ثمر؟'' مراد صاحب نے زیرلب دہرایا ''ثمر...... ثمر بہشت...... جنت کا میوہ۔'' انہوں نے اپنا سر زور سے جھٹکا۔ کیا یہ بات ان کے اپنے دل نے سوچی تھی؟ اسی لمحے انہیں پری چہرہ کی میت والا دن یاد آیا، جب وہ سر پٹخ پٹخ کر رو رہے تھے۔ پورچ میں بکھری ہوئی عورتوں میں سے کسی نے کسی سے پوچھا تھا۔ ''یہ کون اتنا تڑپ تڑپ کر رو رہا ہے؟''

''اے ہے، یہی تو بیگم صاحبہ کے میاں ہیں۔''

''بے چارے بالکل ہی جوان ہیں۔''

''تو بیگم صاحبہ خود بھی تو لڑکی جیسی لگتی تھیں۔

''مگر ان کو تو کوئی بھی اپنی بیٹی دینے کو راضی ہو جائے۔ ایسے جوان خوبصورت ہیں۔''

''بس کرو اللہ کے لیے۔ موت کا گھر دیکھو اور شادی بیاہ کی باتیں دیکھو۔''

مراد صاحب کی نظر دوسری بار اٹھی تو آئینے پر جا پڑی۔ تیسری بار ثمر پر ٹھہری، چوتھی بار اٹھی تو آئینے پر پڑی۔ خود پر ٹھہری رہی۔ اور پانچویں بار اُن کی نظر ثمر پر پڑی تو پھر اٹھی نہیں۔

''اماں!'' مراد صاحب نے دھیرے سے پکارا۔

مراد صاحب کی ماں اور پری چہرہ میں ساس بہو والے تعلقات قطعی نہیں تھے۔ ان کا بیگم پاس رہتی ہیں۔ پھر جب پتہ چلتا کہ نہیں، ساس بہوں ہیں تو یقین کرنے کو جی نہ چاہتا۔

اماں بہو کے، جو بیٹی سے بڑھ کر تھی، غم میں نڈھال سی پڑی تھیں۔

''اماں!''

دوسری بار مراد صاحب کے پکارنے پر اماں کے کمزور وجود میں ذرا سی ہلچل ہوئی اور وہ کراہتے ہوئے دھیرے دھیرے اُٹھ بیٹھیں۔

بیٹے کو پاس پا کر خوشی کی ایک لہر سی بھی آئی اور رونا بھی ٹوٹ کر آیا۔ کیسا ہنستا بولتا پرندوں کا سا جوڑا تھا۔ ایک اُڑ گیا۔ ایک اداس، تنہا رہ گیا۔ اکیلا۔ اکیلا۔

''دنیا اسی کا نام ہے بیٹا۔ خدا کو یہی منظور تھا کہ تم اکیلے رہ جاؤ۔ بڑی خوش نصیب تھی میری بیٹی جو میاں کے کندھے سوار ہو کر جنت کو سدھاری۔ مگر میرے بچے۔'' وہ بغیر آنسوؤں والا رونا رونے لگی۔ بڑھاپے میں خون پانی سب ہی سوکھ جاتے ہیں۔ آنسو کہاں سے اتریں؟

''اماں۔'' وہ ماں کے کندھے پر ہاتھ رکھ کر خود ماں کو دلاسہ دینے کے انداز بولے۔

''وہ بات نہیں اماں۔''

''تیری طبیعت ٹھیک نہیں بیٹے۔ سوتا بھی تو نہیں تو۔ ایک انجکشن لگوا لے۔ مرنے والے کے ساتھ کوئی نہیں مرتا بیٹے۔ جینا تو پڑتا ہی ہے۔ اب یہ عمر جینے کی تھی بیٹا؟''

''اماں'' مراد صاحب نے ماں کے کندھے کو ذرا مضبوطی سے پکڑا اور ایک ساتھ کہتے گئے۔

''فرہاد کی تو ابھی تعلیم بھی پوری نہیں ہوئی۔ پھر ابھی اس شادی کی عمر بھی نہیں ہے، اتنی جلدی میں اس کے کندھوں پر ذمہ داری کا بوجھ ڈالنا نہیں چاہتا۔ نجمہ ایک دو دن میں دہلی چلی جائیں گی۔ ان کی روانگی سے پہلے آپ میرے لیے ثمر کو مانگ لیں۔''

آج پری چہرہ کی موت کو بیسواں دن تھا۔

☆☆

بلونت سنگھ

کٹھن ڈگریا

رمی چند دکان سے واپس آ رہا تھا۔صورت سے ظاہر ہوتا تھا کہ وہ اس وقت کوئی مزے دار بات سوچ رہا ہے۔ ہونٹوں پر مسکراہٹ کھل رہی تھی۔ چلتے چلتے جب اسے سگریٹ جلانے کی خواہش محسوس ہوئی تو اسے خیال آیا کہ ماچس تو دکان ہی پر رہ گئی ہے۔خیر کوئی مضائقہ نہیں۔اب وہ گھر کے قریب پہنچ چکا ہے۔ وہ اپنی دھن میں اس قدر مگن تھا کہ اسے سگریٹ منہ سے نکالنے کا خیال تھا نہ آیا۔کسی راہ گیر کی نظر اس کے ڈھیلے ہونٹوں میں پھنسے ہوئے سگریٹ پر جا پڑتی تو وہ بے اختیار مسکرا دیتا۔اس پر طرہ یہ کہ وہ خود بخود مسکرائے جا رہا تھا۔کبھی سر کو حرکت دینے لگتا۔کبھی زیرِ لب کچھ کہنے لگا۔ وہ بالکل پاگلوں کی سی حرکتیں کر رہا تھا۔لیکن وہ پاگل نہیں تھا۔چونتیس پینتیس برس کے قریب عمر،صورت بھی بری نہیں تھی۔صحت بھی کافی اچھی تھی۔ تین بچوں کا باپ تھا۔اعلیٰ پیمانے پر ریڈیو کی دوکان چلا رہا تھا۔گیارہ بجے دوکان پر جاتا۔اس کا معاون پہلے ہی سے موجود ہوتا تھا۔ایک سے دو بجے تک لنچ کے لئے دوکان پر جاتا۔اس کا معاون پہلے سے موجود ہوتا تھا۔ایک سے دو بجے تک لنچ کے لئے دوکان بند کر دی جاتی۔شام کے پانچ بجے کے قریب وہ گھر چلا آتا۔البتہ دوکان سات بجے تک کھلی رہتی۔آج کاروبار کے سلسلے میں ایک شخص کو ملنے کے لئے اُسے دہلی جانا تھا۔اس نے اپنی بیوی شانتا کو سامان تیار کرنے کے لئے بھی کہہ دیا تھا۔لیکن اچانک دوکان پر اُسے تار ملا کہ کل وہ شخص خود لاہور پہنچ رہا ہے۔ چلو سفر کی مصیبت سے جان چھوٹی۔لیکن آج شام کا پروگرام کیا ہو؟ یہ سوال خواہ مخواہ اس کے ذہن پر اُبھر آیا اور وہ لمحوں تک بے سبب اس فکر میں غلطاں رہا اور پھر دل کی پکار خود بخود واضح ہو گئی کہ یہ شام اپنے دوست بیج ناتھ

کے ہاں گزاری جائے بلکہ رات کا کھانا بھی وہیں کھایا جائے۔

کچھ روز سے بیج ناتھ کی بیوی کامنی اس کے لئے خاص کشش کا باعث بنی ہوئی تھی۔ یہ بات اخلاق سے گری ہوئی ضرور تھی لیکن وہ دل کے ہاتھوں مجبور تھا۔ جوانی کے زمانے میں وہ حد سے زیادہ شرمیلا بنا رہا۔ زندگی کا سنہرا زمانہ کسی سے محبت کی پینگیں بڑھائے بغیر گزر گیا۔ جب شادی ہوئی تو چند سال تک وہ بیوی کا دیوانہ سا رہا۔ مگر رفتہ رفتہ بیوی میں کوئی کشش باقی نہ رہی۔ جب کبھی بیوی آنکھوں کو بھلی معلوم ہوتی تو بس ہاتھ بڑھانے کی دیر تھی۔ وہاں انکار کا سوال ہی پیدا نہ ہوتا تھا۔ رفتہ رفتہ اپنی بیوی بے رس معلوم ہونے لگی۔ اس نے بازار کا رخ کیا۔ وہاں دلال یہی کہتا کہ بس صاحب ہفتے بھر ہی سے بازار میں بیٹھنے لگی ہے۔ پہلے پہل تو یہ خیال ہی کچھ کم لذت انگیز نہیں تھا لیکن جب دلالوں کے ہتھکنڈوں کا علم ہوا تو طبیعت بُجھ گئی۔ دنیا کا دھندا تو چلتا رہا لیکن محبت کی پیاس کے مارے دل میں ہر دم کانٹا سا کھٹکنے لگا۔

گذشتہ دنوں اتوار کے روز وہ اپنے مکان کے سامنے چبوترے پر بیٹھا اخبار دیکھ رہا تھا کہ اس نے بیج ناتھ کو کامنی کے ہمراہ اپنے قریب آتے دیکھا۔ دونوں کی آنکھیں چار ہونے پر بیج ناتھ نے کہا۔ ’’ہم اجنبی ہیں۔ مکان کی تلاش کر رہے ہیں۔ کیا آپ ہماری مدد کرسکیں گے۔؟

یہ اُن کی پہلی ملاقات تھی۔ اس نے بڑی دوڑ دھوپ کے بعد اسے مکان دلوا دیا۔ اگرچہ اُن کے مکانوں کے درمیان میں کم فاصلہ نہیں تھا۔ اس کے باوجود دونوں گھرانوں کے تعلقات گہرے ہوتے گئے۔ ایک دوسرے کے ہاں جانا تقریبات میں شرکت کرنا کبھی کبھار تفریح کی غرض سے شہر سے باہر چلے جانا اُن کے معمول میں داخل ہو گیا تھا۔

ایسے موقعوں پر کامنی اس کی طرف نگاہِ غلط انداز سے دیکھ لیتی۔ پہلی مرتبہ تو اس کا کلیجہ دھک دھک کرنے لگا۔ وہ سمجھا کہ اس کی نگاہوں نے دھوکا کھایا ہے۔ لیکن جب دبی دبی مسکراہٹوں کا تبادلہ بھی ہونے لگا تو اسے محسوس ہوا کہ شاید وہ ایک دوسرے سے محبت بھی کرسکیں گے۔ کبھی کبھی اس کا دل لعن طعن بھی کرتا لیکن پھر وہ اپنے دل کو یہ کہہ کر ڈھارس دے لیتا کہ کامنی کی ہی طرف

سے تو آغاز ہوا ہے۔ کبھی سوچتا، معمولی دل لگی ہی تو ہے، ذرا کی ذرا چُہل ہو جاتی ہے۔ دل بہلا رہتا ہے اس میں قباحت کی تو کوئی بات ہی نہیں۔ لیکن یہ سب ظاہر داریاں تھیں کیونکہ دل کی گہرائیوں میں وہ اچھی طرح محسوس کرنے لگا تھا کہ اسے کامنی سے محبت ہو گئی ہے۔

راستہ چلتے چلتے وہ کامنی کی بابت سوچ رہا تھا۔ ابھی تک اس نے اسے چھوا تک نہیں۔ شاید آج کوئی اہم واقعہ پیش آئے۔ ممکن ہے کہ وہ اس پہلی محبوبہ کے بہت قریب پہنچ جائے۔ اب وہ اپنی گلی میں پہنچ چکا تھا۔ جیا پنواڑی کی دوکان اس کے مکان کے قریب ہی تھی۔ دوکان کے قریب سے ہو کر گزرتے وقت سلگتی رسی دیکھ کر اسے سگریٹ سلگانے کا خیال آیا۔ اگر کوئی دوست اسے ملنے کے لئے آتا تو گھر والوں کو خبر ہو یا نہ ہو لیکن جیا ضرور اس بات کا خیال رکھتا تھا چنانچہ سگریٹ سلگا کر اس نے جیا سے پوچھا ''کیوں بے جیتے مجھے کوئی شخص ملنے کے لئے تو نہیں آیا تھا؟

اس وقت جیا نسوار سونگھ رہا تھا۔ چھینک آنے ہی کو تھی۔ اس لیے منہ سے جواب نہ دے سکا۔ کبھی اثبات میں سر ہلاتا کبھی نفی میں آخر معلوم ہوا کہ کوئی شخص نہیں آیا تھا۔ اس نے سگریٹ کا کش کھینچا اور گھر کی طرف بڑھا۔ دروازے کے آگے جو تین سیڑھیاں بنی ہوئی تھیں، ان کی دوائیٹیں اکھڑ گئی تھیں، ہر دم اُن پر سے پھسلنے کا اندیشہ لاحق رہتا تھا۔ اسے کئی مرتبہ خیال آیا کہ ان کی مرمت کروادی جائے لیکن لاپروائی میں یہ کام پورا نہ ہو سکا۔

گھر کے اندر داخل ہوا تو دیکھا کہ شانتا بڑے آئینے کے سامنے بیٹھی بال بنا رہی ہے۔ معلوم ہوتا تھا، ابھی ابھی نہا کر آئی ہے اس وقت خاصی پیاری دکھائی دے رہی تھی۔ اس کے دوست کہا کرتے۔ ''یار تمہاری عورت تو بہت حسین ہے۔ پھر بازاروں میں ادھر اُدھر دھکے کھاتے کیوں پھرتے ہو؟''

شانتا نے بال ایک ہاتھ سے گھما کر آگے لائے اور ان پر کنگھی کرتے ہوئے کہا۔ ''جی میں نے آپ کا سامان تیار کر دیا ہے۔''

''بھئی آج تو میں نہیں جاؤں گا۔''

''کیوں؟'' شانتا نے تعجب سے آنکھیں پھیلا کر پوچھا۔

جس شخص سے ملنا تھا وہ خود کل یہاں آ رہا ہے نل بند تو نہیں ہوا؟ ذرا نہالوں۔''

وہ غسل خانے میں چلا گیا اور وہاں ''کا کروں تو سے الفت ہوگئی...... ہوگئی۔'' گاتا رہا جب کپڑے پہن چکا تو بیوی نے پوچھا۔اب کھانا کھا کر ہی باہر جایئے گا۔''

''نہیں بھئی مجھے دیر ہو رہی ہے۔ایک شخص سے ملنا ہے۔کھانا باہر ہی کھاؤں گا۔انتظار میں مت بیٹھی رہنا۔''

حالانکہ اس کی بیوی کو اس پر کسی قسم کا شک نہیں تھا لیکن اس نے بیج ناتھ کے گھر کا نام جان بوجھ کر نہیں لیا آخر کیا فائدہ؟ عورتیں وہمی تو ہوتی ہی ہیں۔آئینے کے سامنے کھڑے اس نے اپنی صورت کا جائزہ لیا اور اس نے خود ہی فیصلہ لیا کہ اس کی صورت بیج ناتھ سے کہیں بہتر ہے اور اگر کامنی اسے اپنے شوہر پر ترجیح دیتی ہے تو اسے اس کی خوش ذوقی کا ثبوت سمجھنا چاہیے۔

خوب بن سنور کر اس نے اپنے آپ پر آخری نگاہ ڈالی۔کوٹ کی اوپر والی جیب میں رنگین رومال ٹھکانے سے رکھا رخساروں پر ہاتھ پھیر کر ان کی ہمواری کا جائزہ لیا۔ٹائی کی گرہ درست کی۔ پتلون کی کریز پہلو بدل بدل کر دیکھی، ہیٹ پر جمی ہوئی گرد کی باریک تہہ چٹکی بجا بجا کر صاف کی۔ چاندی کا سگریٹ کیس جیب میں ڈالتے ہوئے اس نے ایک نظر بیوی کی طرف دیکھا۔آج وہ واقعی حسین دکھائی دے رہی تھی۔دونوں لڑکے نانا کے ہاں گئے ہوئے تھے۔ان کی غیر موجودگی میں بیوی کو پیار کرنے میں بھی کوئی رکاوٹ نہیں تھی۔لیکن وہ جلدی میں تھا اس لیے چھڑی گھماتا ہوا گھر سے باہر نکل آیا۔ایک لمحے کے لئے اسے خیال آیا کہ اگر وہ سگریٹ کیس میں عبداللہ کے سگریٹ رکھ لیتا تو بہتر ہوتا۔وہ ''عبداللہ'' سگریٹوں کا بڑا مداح تھا اور انہیں خصوصاً اس وقت پیتا تھا جب وہ خوش ہو۔اب سگریٹ لینے کے لیئے واپس جانے میں اس نے بدشگونی سمجھی۔اس لئے کوئے یار ہی کی طرف بڑھتا چلا گیا۔

اس کا دل مسرور تھا۔قدم بڑے بانکپن سے اُٹھ رہے تھے۔اِرد گرد کی چیزیں اُجلی اور نئی سی

دکھائی دے رہی تھی۔ جیسے ہر چیز نے نیا جنم لیا ہو۔ اس میں چمک تھی اور حرکات سے چلبلا پن عیاں تھا۔ اپنی بیوی اور گھر سے دور وہ اپنے آپ کو آزاد پرندے کی طرح ہلکا پھلکا محسوس کر رہا تھا۔ وہ کالج کے اس چھوکرے کے مانند دکھائی دے رہا تھا جو گھر سے تعلیم حاصل کرنے کے لئے بھیجا گیا ہو اور اب والدین کے روپے سے عشق لڑا رہا ہو۔ محض عورت کی حیثیت اس کے سامنے کچھ بھی نہیں تھی وہ تو محبت کا بھوکا تھا، درد عشق کا خواہاں تھا۔ اصل چیز تو وہ جذبۂ یگانگی تھا جو وہ کمو کے لئے محسوس کر رہا تھا۔ وہ دل ہی دل میں کامنی کو پیار سے کمو کہا کرتا تھا۔ اس کی یہی ایک تمنا تھی کہ اگر ان کی محبت پروان چڑھے اور دونوں کے دھڑکتے ہوئے سینے کسی روز مل جائیں تو وہ اسے پیاری کمو کہہ کر بلائے۔ کبھی کبھی جب تصورات کے طلسم سے نکلتا تو سوچتا کیا معلوم اس کے نصیب میں حسین کامنی کی محض مسکراہٹ ہی لکھی ہو؟"

آخر شام کے دھندلے میں جب بیج ناتھ کا بلا پلستر کی اینٹوں کا بنا ہوا مکان نظر آنے لگا تو اس کے قدم ڈگمگانے لگے۔ یہاں تک وہ ایک مبہم لیکن مسحور کن جذبے کے تحت چلا آیا تھا۔ لیکن اب وہ سوچنے لگا کہ اسے ان کے گھر میں کس انداز سے داخل ہونا چاہئے؟ اس مسئلے کے کئی پہلوؤں پر غور کرنے کے بعد اس نے یہ فیصلہ کیا کہ ان معاملات پر زیادہ تجویزیں سوچنے کی ضرورت نہیں۔ ہر حرکت بے تکلفانہ ہونی چاہئے۔ چنانچہ وہ بڑی بے تکلفی سے اُن کے گھر کے اندر داخل ہو گیا۔

بڑے کمرے سے میاں بیوی کے ہنسنے اور باتیں کرنے کی آوازیں سنائی دے رہی تھیں۔ رکھی دروازے میں جا کھڑا ہوا۔ بیج ناتھ پاؤں پھیلائے کرسی کے بازو گیر بیٹھا تھا۔ اس نے نئے کپڑے پہن رکھے تھے جس سے ظاہر ہوتا تھا کہ شاید وہ باہر جانے کی تیاری کر رہا تھا۔ کامنی اس کی قمیص میں بٹن ٹانک رہی تھی اور وہ گا رہا تھا۔ بیوی بگڑ رہی تھی۔ "اب ذرا گانا بند کیجئے نا۔ سوئی چھاتی میں اتر جائے گی تو پھر نہ کہیئے گا۔

شوہر مسخرے پن سے بولا "تم سے نہیں کہیں گے تو کس سے کہیں گے مائی ڈارلنگ! اور ہمارا کون ہے۔" اور پھر وہ نہایت بھونڈے انداز میں نتھنے پھلا پھلا کر شکستہ بانس کی سی آواز میں ایک

فرسودہ سا گانا گانے لگا۔

تیرا کون ہے۔

کسے کرتا تو پیار پیار۔

''تیرا کون ہے...... تیرا کون ہے...... ہاں تیرا کون ہے۔''

اُدھر میاں بیوی میں یہ چُہلیں ہو رہی تھیں۔ ادھر چھ ماہ کا بچہ پالنے میں پڑا رو رہا تھا۔ معلوم ہوتا تھا کہ بیج ناتھ اس وقت بڑے خوشگوار موڈ میں تھا۔ جوں جوں بیوی اس کی حرکت سے چڑتی توں توں وہ اُسے اور زیادہ پریشان کیے جاتا۔ وہ جھنجھلا کر کہتی ''اب مٹکنا بند کیجئے، منا رو رہا ہے۔''

رکھی رام دو قدم آگے بڑھا اور اس نے کھانس کر انہیں اپنی آمد سے مطلع کیا۔ بیج ناتھ نے سر اٹھا کر اس کی طرف دیکھا۔ پہلے تو حیران رہ گیا۔ پھر چلایا۔ ''ہلو ہلو! یار! میرا خیال تھا، اب تک تم گاڑی میں بیٹھے ہو گے۔''

رکھی نے مصافحے کے لئے ہاتھ بڑھاتے ہوئے جواب دیا۔ ''نہیں بھئی، دہلی جانے کا پروگرام منسوخ ہو گیا ہے۔ کرپا رام سے ملنا تھا۔ اس کا تار آ گیا ہے کہ کل وہ خود لاہور پہنچ رہا ہے۔''

اتنے میں کامنی نے بھی دونوں ہاتھ جوڑ کے نمستے کر دی۔ ''جی نمستے!''

اُن نے بڑی معصومیت اور اخلاق سے جواب دیا۔

منا رو رہا تھا۔ کامنی اسے پیار سے پالنے میں سے اٹھا کر چپ کرانے کی کوشش کرنے لگی۔

''منا کیوں رو رہا ہے؟ ہمارا منا کیوں رو رہا ہے؟ نانا...... کیوں جی آپ کی منّی بھی رو رہی تھی؟''

''جی نہیں۔'' رکھی نے جواب دیا۔ ''ہماری منی تو سوئی پڑی تھی۔ آج کل ہمارے گھر میں بچوں کا شور بہت کم ہوتا ہے۔ گوشی اور جیو دونوں نانا کے ہاں گئے ہوئے تھے۔ بچے ہیں نا نئی جگہ ان کا دل بھی بہلا ہوا ہے۔ گھر میں بچاری منی ہے، سو چپ چاپ پڑی رہتی ہے۔''

نا جی نا۔ ہمارا منا بھی تو نہیں روتا۔'' کامنی نے بچے کو پچکارتے ہوئے کہا ''آج تو اس کے بابو جی نے اُسے رُلا رُلا کر ہلکان کر دیا ہے۔ میں اُن کے بٹن ٹانک رہی تھی اور یہ بل بل کر گائے

جاتے تھے۔ منا جاگ اٹھا اور رونے لگا۔''

جب وہ باتیں کر رہی تھی تو راکھی اس کے لچکیلے جسم اور تیزی سے ہلتے ہوئے ہونٹوں کی طرف دیکھتا رہا۔ اس وقت سج دھج کا تو کوئی سوال ہی نہیں تھا لیکن معمولی گھریلو لباس میں بھی وہ کس قدر حسین دکھائی دے رہی تھی۔ اور پھر دفعتا جو اسے کچھ خیال آیا تو بیج ناتھ سے مخاطب ہو کر بولا۔ ''یار معلوم ہوتا ہے کہ تم باہر جانے کی تیاری کر رہے تھے۔ میں تو یوں ہی ادھر چلا آیا۔ اگر تم کسی کام سے جا رہے تھے تو چلو۔''

''نہیں یار بیٹھو، باتیں کریں۔''

''نہیں بھئی، مجھ سے یہ نہ ہوگا۔''

کامنی نے بچے کو گود میں جھلاتے ہوئے کہا۔ ی'' آج ان کی دعوت ہے کہیں۔''

''واقعی، بھئی واہ۔ اب تو میں تمہارا راستہ نہیں روکنا چاہتا۔ ضرور جاؤ، تکلف کی ضرورت ہی کیا ہے؟''

نہیں، اب میں نہیں جاؤں گا۔ تم اتنی دور سے آئے ہو، اب تو مل کر باتیں کریں گے اور ہاں، جیلانی کے ہاں برج کھیلنے کیوں نہ چلیں؟''

لیکن رکھی کو اپنی حرکت بہت نا مناسب معلوم ہو رہی تھی۔ ''بیج بھائی اپنا پروگرام خراب مت کرو۔ میں تو یوں ہی چلا آیا تھا۔ بس اب سیر کرتے ہوئے گھر چلا جاؤں گا۔ یہ ذرا بدتمیزی کی بات ہے کہ میری وجہ سے تمہارا میزبان پریشان ہو اور پھر ہم دونوں میں تکلف بھی تو نہ ہونا چاہیے۔''

بیج ناتھ چند لمحوں تک چپ رہا۔ پھر بولا ۔اتنی دور سے آئے ہو۔ ہم دونوں کا وقت خوب کٹ سکتا ہے۔ ہاں یار، ایک اور بات سوجھی ہے مجھے، تم یہیں بیٹھو اور میں ذرا کھانا کھا کر زیادہ سے زیادہ ایک گھنٹے کے اندر واپس آ جاؤں گا۔ میری واپسی تک تم کھانا بھی یہیں کھالو گے اور پھر ہم جیلانی کے ہاں چلیں گے۔ بڑا مزے کا شخص ہے، گپ بھی اڑے گی اور برج بھی کھیلے گی۔''

رکھی کا دل اچھل کر جیسے حلق میں آ رہا۔ ایک گھنٹے کے لیے وہ اور کامنی تنہا رہ جائیں گے۔ گودی

کامنا تو سو ہی جائے گا اس سے بڑا چار سالہ لڑکا بھی سلایا جا سکے گا۔اس نے تیزی سے اچٹتی ہوئی نگاہ کامنی پر ڈالی۔گوناگوں جذبات کے ہجوم میں وہ کچھ نہ بول سکا۔بج ناتھ کہتا چلا گیا۔''کہو یار کیسی رہی؟ بھئی کہیں جانا نہیں۔تمہیں میرے سر کی قسم! میں بہت دور نہیں جا رہا ہوں یہی اپنے ڈاکٹر شرما کے ہاں تو دعوت ہے۔تم شاید نہیں جانتے انہیں۔تمہارے راستے ہی میں تو مکان پڑتا ہے۔اچھا تو وعدہ کرو،تم نہیں جاؤں گے۔یہ نہ ہو میں بھاگم بھاگ واپس پہنچوں اور تم غائب ہو جاؤ۔بس آج شاندار پروگرام رہے گا۔راکھی چپ کھڑا رہا۔بھلا وہ کہاں جا سکتا تھا؟ اسے یقین نہیں آتا تھا کہ تقدیر بھی اس قدر اچھی ہو سکتی ہے۔وہ ایک موہوم سی امید پر یہاں آیا تھا۔ادھر بھگوان نے بھگت کی پرارتھنا قبول کر یک خود اپنے ہاتھ سے اس کے راستے کا کانٹا صاف کر دیا تھا۔

''لو یہ ہے سگریٹ اور یہ رہا دیکلی۔کمو انہیں روٹی کھلا دینا۔ذرا خیال رکھنا،بھاگ نہ جائیں کہیں۔میں چٹکی بجاتے میں آیا۔''

یہ کہہ کر وہ جلدی جلدی پتلون کے بٹن لگانے لگا۔برش سے بال ہموار کیے،ٹائی کی گرہ ڈھیلی کر کے اگلا پلو نیچے اوپر کیا۔پھر تیز تیز قدم اٹھاتا ہوا باہر والے دروازے کی طرف بڑھا۔کامنی پکار کر بولی۔''ہائے کیسے بھاگے جا رہے ہیں۔گھر سے باہر جانا ہو تو پاؤں زمین پر لگتے ہی نہیں،اب جلدی لوٹ آیئے گا۔''

''ہاں بھئی،لوٹ آؤں گا۔لوگ ہمارا ایندھن اٹھا اٹھا کر لے جاتے ہیں۔اس کی فکر کیا کرو۔ڈیوڑھی کا دروازہ بند کر لو۔اچھا یار میں چلا۔''

ڈیوڑھی کا دروازہ بند کر کے کامنی بیٹھک کی کھڑکی کے قریب آ کھڑی ہوئی۔ایک مرتبہ پھر شوہر سے آنکھیں چار ہوئیں شوہر نے ہوا میں ہاتھ بلند کر کے ہلا دیا۔وہ وہاں چپ کھڑی اسے گلی کے نکڑ سے غائب ہوتے ہوئے دیکھتی رہی۔اس اثناء میں رکھی بھی چپکے سے دیوار سے لگ کر اس کے قریب کھڑا ہو گیا تھا۔کچھ دیر تک کامنی سنسان گلی کی جانب دیکھتی رہی۔پھر اسکا ہاتھ اوپر اٹھ کر بجلی کے بٹن کی طرف بڑھا اور دوسرے لمحے میں بجلی کا بلب بجھ گیا۔اور فرش پر بچھی ہوئی دری پر

کھڑکی میں سے آتی ہوئی چاندنی پھیل گئی۔

رمی نے بازو بڑھایا جو کامنی کے پیٹ سے ہوتا ہوا اس کے گوشت سے بھرپور کولھوں پر جا کر ٹک گیا۔ کامنی کی کمر ذرا سی لرزش کے بعد ساکن ہوگئی۔ وہ اور قریب ہو کر اس کے ساتھ کھڑا ہوگیا۔ ان دونوں کی آنکھیں چار نہیں ہوئیں۔ لیکن کامنی کی کمر نے ہلکی سی لرزش کے بعد سکون اختیار کر کے گویا اس کے سوال، کا جواب اثبات میں دیا تھا۔

وہ خاموش کھڑی تھی۔ دو ایک مرتبہ رمی کے لبوں سے نکلتی ہوئی درد محبت میں ڈوبی ہوئی نہایات مدھم سی آواز سنائی دی۔ ''کمو کمو۔''

''بی بی جی! بی بی جی!!!'' بڑے لڑکے کی پکار سنائی دی۔

وہ بلند آواز میں بولی۔ ''آئی بیٹا! آئی، بیٹھے رہو ہیں۔'' رمی کی گرفت ڈھیلی پڑ گئی اور وہ ذرا پرے سرک گئی۔ ''سنو کمو سنو'' اس کی آواز بری طرح لرز رہی تھی۔

کامنی دو قدم پرے دیوار سے پیٹھ لگائے دونوں ہتھیلیاں دیوار پر ٹکائے سر نیہوڑائے کھڑی تھی۔ کمرے کی فضا خوابناک تھی، ہر طرف سُرمئی غبار سا چھایا ہوا تھا۔ کامنی کی مدھم شبیہہ حسین مجسمے کی مانند دکھائی دے رہی تھی۔ صرف اس کی چھاتیوں کے زیر و بم سے پتہ چلتا تھا کہ وہ بے جان مورت نہیں ہے۔ ''کمو! سنو۔ میں تم سے محبت کرتا ہوں۔''

''میں تم سے محبت کرتا ہوں! کیسے فرسودہ الفاظ تھے؟ جنہیں اس نے بیسیوں مرتبہ کتابوں میں پڑھا تھا فلم کے پردے پر سُنا تھا لیکن آج وہ یہ فقرہ اس طرح ادا کر رہا تھا جیسے یہ اسی کی اختراع ہو۔''

جواب میں کامنی نے پلکیں اوپر اٹھائیں اور ایک مرتبہ بھرپور نظروں سے اس کی طرف دیکھا اور پھر سپردگی کے انداز میں پلکیں جھکا کر رہ گئی۔ وہ بجلی کے کوندے کی طرح آگے بڑھا۔ اس کی کمر بازوؤں میں لے کر اسے اپنی طرف کھینچا تو اسے یوں محسوس ہوا جیسے اس نے پھولوں کی نازک ڈالی پکڑ کے جھنجھنا دی ہو اس کا جسم سر سے پاؤں تک کامنی کے نرم اور لچکیلے جسم کے لمس سے محفوظ ہونے لگا۔ ایک اور شدید اور فوری جذبے کے تحت اس نے نہ معلوم کس کس طرح اسے بھینچا، چوما

اور پھر لڑکے کی پکار کی آوازیں ہتھوڑوں کے دھمکوں کی طرح سنائی دینے لگیں اور پھر کامنی اڑتی ہوئی خوشبو کی طرح اس کی آنکھوں سے اوجھل ہوگئی۔

وہ کمرے میں تنِ تنہا کھڑا رہ گیا۔ کھڑکیوں میں داخل ہونے والی چاندنی کی روشنی کی کرسیاں، تپائیاں، تصویریں، پردے اور کتابیں، غرض ہر شے خواب ناک اور ساکن دکھائی دے رہی تھی۔ صرف اس کی ٹانگیں اور بازو لرزاں تھے۔ سانس تیزی سے چل رہی تھی غیر ارادی طور پر اس کے لبوں سے چند غیر مبہم سی آوازیں نکل گئیں۔ کچھ دیر تک وہ خلا میں گھور گھور کر دیکھتا رہا۔ ایک مرتبہ احساسِ گناہ کی شدت سے کانپ بھی اٹھا۔ لیکن صرف ایک لمحے کے لئے۔ پھر اس نے رومال سے منہ اور پیشانی صاف کی، کپڑوں کی سلوٹیں اور کوٹ کی جھول کھائی ہوئی آستینیں کھینچ کر ہموار کیں۔ پھر دھیرے دھیرے قدم اٹھاتا ہوا صحن میں باورچی خانے کی جانب بڑھا۔ کامنی چولہے کے قریب بیٹھی دیگچی میں چمچ چلا رہی تھی۔ اس کا بڑا لڑکا اس کے گھٹنے کے ساتھ لگا ہوا اونگھ رہا تھا۔ وہ چولہے میں لپلپاتے ہوئے شعلوں کی روشنی میں کامنی کے دمکتے ہوئے چہرے کی طرف دیکھتا رہا۔ باہمی کشمکش میں کامنی کے بال پریشان ہوگئے تھے۔ گال سرخ ہوگئے تھے۔ قمیص دو تین مقامات سے مسک گئی تھی۔ یہ سب اس کی دست درازیوں کے نتائج تھے۔ اس خیال سے وہ ایک نئی لذت کے احساس میں گم ہوگیا۔

بظاہر کامنی اس کی آمد سے بے خبر دکھائی دیتی تھی۔ وہ اپنے کام میں مصروف رہی۔ بچے کو اونگھتا ہوا دیکھ کر اس نے کہا۔ ''چلو تمہیں سلا دوں۔'' اور اسے سلانے کے لئے اندر چلی گئی۔ رکھی چولہے کے قریب ایک اسٹول پر بیٹھ گیا۔ وہ دل ہی دل میں حالات کا جائزہ لینے لگا۔ کامنی پھر چولہے کے قریب آ بیٹھی۔ اس کی حرکات سے غیر معمولی واقعے کا اظہار نہیں ہوتا تھا۔ دیگچی چولہے سے اتار کر اس نے توا رکھ دیا۔ اور آٹا توڑ کر پیڑا بنانے لگی اور اس سے آنکھیں ملائے بغیر بولی۔ ''آپ کو سردی لگ رہی ہو۔ چولہے کے قریب آجایئے نا۔''

''واقعی سردی بہت سخت پڑ رہی ہے۔'' یہ کہہ کے اس نے اسٹول کھسکایا اور چولہے کے قریب

آ گیا۔

رکھی کی نظریں اس کے رخسار، آنکھوں اور تیزی سے جنبش کرتے ہوئے ہونٹوں اور ہاتھوں کی حرکات پر جمی ہوئی تھیں۔ رکھی دل میں وہ بے چین تشنگی بڑی شدت سے محسوس کر رہا تھا۔ جو پیاسے ہونٹوں سے شربت کا گلاس پرے ہٹ جانے سے محسوس ہونے لگتی ہے۔ کامنی نے روٹی الٹتے ہوئے کہا۔ ”آپ کو بھوک تو لگ رہی ہوگی۔“

اس نے اٹھ کر کامنی کے رخسار پر ہونٹ رکھ دیئے۔ ”نہیں کمو!“ مجھے بھوک نہیں لگ رہی۔“ یہ کہہ کر وہ اسے اپنے بازوؤں میں سمیٹنے کی کوشش کرنے لگا۔ کامنی نے اپنے آپ کو اس کی مرضی پر چھوڑتے ہوئے کہا ”مجھے روٹی تو پکا لینے دیجئے۔“

”نہیں جان سے پیاری کمو! روٹیاں پھر پکا لینا۔“ یہ کہہ کر اس نے ہاتھ مار کر توا چولہے سے گرا دیا۔

وہ خوش تھا اور سرتاپا نشے میں ڈوبا ہوا تھا۔ اب وہ بیٹھک میں دری پر لیٹا ہوا تھا۔ ٹانگیں اٹھا کر قریب بچھی ہوئی کرسی پر پاؤں ٹکا رکھے تھے اور بجلی کی جگمگاتی ہوئی روشی میں ویکلی کا پرچہ پیٹ پر دھرے اس کی ورق گردانی کر رہا تھا۔

ایک مرتبہ پھر کامنی چولہے کے آگے بیٹھی اس کے لئے پراٹھے پکا رہی تھی۔ اس روز سے پہلے زندگی کے جو دن گزر چکے تھے، وہ بالکل بے کیف نظر آنے لگے تھے۔ یہ مسرت یہ لذت اس نے پہلے کبھی محسوس نہ کی تھی۔ دل مطمئن تھا۔ جسم ہلکا پھلکا اور چست محسوس ہو رہا تھا۔ روح پر ناقابلِ بیان کیف طاری تھا۔ اج کامنی اور وہ ایک ہو گئے تھے۔

کھانا تیار ہو گیا تو انہوں نے ایک ساتھ مل کر کھایا۔ ایک دوسرے کے منہ سے منہ ملا کر نوالے چھینتے رہے۔ ہنسی مذاق اور چہل میں وقت گزر گیا اور آخر دروازے پر دستک سنائی دی۔

کامنی نے دروازہ کھولا۔ بیج ناتھ کا معصوم چہرہ دیکھ کر رکھی کے دل میں فتور پیدا ہو گیا لیکن کامنی آڑے آئی۔ ”آپ کے دوست تو اُٹھ اُٹھ کر بھاگ رہے تھے، بڑی مشکل سے بٹھائے رکھا

میں نے۔"

بیج ناتھ نے بے تکلفانہ اس کے کندھے پر ہاتھ مار کر کہا۔"یار کمال کرتے ہو۔آخر گھبرانے کی کیا بات تھی؟" دوست کی سادگی اور اخلاص دیکھ کر رکھی کو شرم سی محسوس ہونے لگی۔اور وہ کچھ بھی نہ کہہ سکا۔

"کہو، کھانا کھالیا؟"

"ہاں!"

"آؤ تو چلو جیلانی کے ہاں۔"

راستے میں بیج ناتھ دعوت کی باتیں کرتا رہا۔کہنے لگا۔"ڈاکٹر شرما میرے بہت گہرے دوستوں میں سے ہیں۔بڑے پریم سے کھانا کھلایا۔واپس نہیں آنے دیتے تھے۔ہزار حیلوں سے جان چھڑا کر آیا ہوں۔

جب وہ جیلانی کے ہاں پہنچے تو معلوم ہوا کہ ان کے ہاں کوئی فوجی رشتے دار باہر سے آئے ہوئے ہیں۔اس لئے وہ برج نہ کھیل سکیں گے۔ان کا پروگرام درہم برہم ہوگیا۔خیر وہ کچھ دیر تک اِدھر اُدھر ٹہلتے رہے۔پھر بیج ناتھ نے کہا۔"آؤ گھر بیٹھیں۔سردی بہت زیادہ ہے۔"

"بھئی اب اجازت دو۔اب میں گھر واپس جاتا ہوں۔پھر ملاقات ہوگی۔چنانچہ مصافحہ کر کے وہ ایک دوسرے سے رخصت ہو گئے۔

آج کے مسرت انگیز واقعے سے اس کا دل اگرچہ مسرور تھا لیکن دوست سے اس پاجی پن کے باعث ضمیر ملامت بھی کرتا تھا۔اور جب وہ اپنے گھر کے قریب پہنچا تو اپنی نیک اور معصوم بیوی کے تصور سے اس کا دل اور بوجھل ہوگیا۔بے چاری سردی میں ٹھٹھری ہوئی آگ کے قریب بیٹھی اس کا انتظار کر رہی ہوگی۔

جب وہ جیا کی دکان کے قریب پہنچا تو حسب معمول اس نے پوچھا۔"کیوں بے جیے! کوئی آیا تو نہیں تھا ہمیں ملنے کے لئے؟"

جیا نے سر اوپر اٹھایا۔ ''اجی بابو بیج ناتھ آئے تھے۔ سیدھے بھیتر چلے گئے۔ مجھ سے تو کچھ بولے نہیں۔ جب آپ نہیں آئے تو بیچارے انتجار کر کے چلے گئے۔''

''بیج ناتھ!'' اس کے حلق سے ہلکی سی چیخ نکل گئی اور وہ ٹھٹھک کر کھڑا ہو گیا۔

''ہاں جی! بیج ناتھ بابو۔''

دکان سے مکان تک چند قدم کا فاصلہ اس نے بہت آہستہ آہستہ طے کیا۔ جب وہ سیڑھیوں پر قدم رکھنے لگا تو اس نے دیکھا کہ اکھڑی ہوئی دو اینٹیں پھر اپنی جگہ سے ہٹ گئی ہیں۔ اس نے احتیاط سے انہیں ٹکا کر رکھ دیا اور پھر ایک لمحے بھر کے سکوت کے بعد اس کے منہ سے مدھم سی ہنسی نکل گئی اور جب وہ ڈرائنگ روم میں داخل ہوا تو وہاں ہر چیز جانی پہچانی تھی۔ ماحول پرسکون اور آرام دہ محسوس ہو رہا تھا۔

اس کی بیوی اندر والے دروازے میں کھڑی دکھائی دی۔ وہ اس وقت نو شگفتہ، پھول کی مانند تر و تازہ اور اجلی دکھائی دے رہی تھی۔ وہ پھول جس کا منہ شبنم نے بڑی احتیاط سے دھو ڈالا ہو۔ جس پر جمی ہوئی گرد کی نامعلوم تہہ کسی نے چوم لی ہو۔

بڑے کوچ پر بیٹھ گیا۔ شائستہ شاخِ گل کی طرح لچکتی ہوئی نزدیک آئی اور اس کے قریب کوچ میں دھنس گئی۔ اس نے سر سے پاؤں تک بیوی کا جائزہ لیا اور مسکرا کر بولا۔ ''سنو! آج تو تم بہت خوش دکھائی دیتی ہو۔''

اپنے مخصوص انداز میں بالوں پر ہاتھ پھیرتے ہوئے وہ لجا کر مسکرا دی۔ اس کے تر و تازہ ہونٹوں سے سپید سپید دانت کسی حد تک نمایاں ہوئے اور اس نے بلا کچھ کہے اثبات میں سر ہلاتے ہوئے اس کے کندھے پر رخسار ٹکا دیا۔

شنو کی نیند کی ماتی پلکیں بوجھل ہو کر جھکنے لگیں۔ وہ چند لمحوں تک شنو کے چہرے کی طرف دیکھتا رہا۔ پھر اس کی پیٹھ پر ہلکی سی تھپکی دے کر بولا ''میں بھی بہت خوش ہوں شنو! ذرا ادھر لاؤ عبداللہ سگریٹوں کا ڈبا۔''

☆☆

جوگندر پال

بو

ڈاکٹر سروپ کے چپراسی چرنجی نے اپنی محتاط نظروں سے ڈاکٹر کے دفتر کے دروازے کے طرف دیکھا اور پھر مسکراتے ہوئے سر سے گاندھی ٹوپی اتارنے لگا۔ اس کے سر سے ایک دم سو سو کے کئی نوٹ فرش پر آگرے اور وہ وہ گھبرا کر نہیں تیز تیز سمیٹنے لگا۔

اسی اثنا میں ایک بوڑھا بے تحاشہ کمرے میں داخل ہوا۔ "ڈاکٹر جی۔! ڈاک!"

"ارے باہر جاؤ!" چرنجی گھبرا کر فرش سے اٹھا اور بوڑھے کو دروازے کے باہر دھکیلنے لگا۔ "ہر کوئی بے دھرک اندر آ دھمکتا ہے بولتا ہوں کسی کو بلا اجازت اندر مت آنے دیا کریں۔" اس کی حیدر آبادی، 'کرکے' کی منطق سے ڈاکٹر سروپ اس قدر مرعوب تھا کہ لہجے میں تاثر پیدا کرنے کی خواہش سے اس کے منہ سے بھی اس لئے، کی بجائے بے اختیار 'کر کے' ہی نکل جاتا۔

چرنجی نے دروازہ بھیڑ کر اندر سے چٹخنی چڑھالی اور نوٹ گننے لگا۔ "ایک 'دو' تین ____ چودہ۔" وہ پھر فرش پر جھک گیا۔ "ایک اور کہاں گیا؟

ڈاکٹر سروپ اس کے گنجے سر پر چپکے ہوئے ایک نوٹ کو دیکھ کر ہنسنے لگا۔ "ہمارے سر پر تو گندے بال اگتے ہیں مگر معلوم نہیں کیا سوچتے رہتے ہو، جب بھی ٹوپی اٹھاتے ہو تمہارے سر پر بڑے بڑے نوٹوں کا جھنڈ کا جھنڈ اُگا ہوتا ہے۔" ڈاکٹر کو یاد آیا کہ آج اسے اپنے ڈینڈرف کی دوا لے کر گھر جانا ہے۔ اس کی بیوی نے کہا تھا تمہارے گندے بالوں کی بو سے کھایا پیا منہ کی طرف پلٹ آتا ہے۔

چرنجی نے نوٹ کو اپنے گنجے سر سے اکھاڑے نے کے انداز میں ہاتھ میں لیا اور ایک دفعہ پھر نوٹوں کو گن کر ڈاکٹر سروپ کے سامنے میز پر رکھ دیا۔ ''پندرہ ہیں، صاحب۔''

''صرف پندرہ؟''

ڈاکٹر کے ماتھے پر تیوری دیکھ کر چرنجی نے کہا۔'' دو ہزار کا ہفتہ طے کر گیا تھا صاحب مگر چکتائی پر حرام کی اولاد کہنے لگا، اس موسم میں برف بیچے زمین پر کہاں ملتی ہے؟ اسے آسمان سے کھود کر لانا پڑتا ہے۔''

''تو کیا ہوا؟ برف میں تھوڑا کم کمالے۔ اور بھی تو بیسیوں آئٹم ہیں۔''

''کرکے میں نے بولا تھا صاحب، ٹھیکے کو دو حصوں میں بانٹ دیجئے اور گنگو سے بھی معاملہ کر لیجیے وہ بڑا ایمان دار آدمی ہے۔''

''اس دیال کے بچے کو بھی تو تم ہی لائے تھے۔''

''لایا تو میں ہی تھا مگر کیا بولنا، آج کل سبھی اپنے دھرم ایمان کو بیچے ہوئے ہیں۔ اب اگلے چار ہفتے پندرہ سو پر ہی چلنے دیجئے۔ وہ بولتا ہے چار ہفتوں کے بعد موسم کھل جائے گا، پھر وہ پورے دو ہزار دینا شروع کر دے گا۔''

ڈاکٹر نے پانچ نوٹ اس کے حوالے کرتے ہوئے کہا۔'' ڈیڑھ سو تمہارا، اور ڈیڑھ سو کیئر ٹیکر کا باقی کے دو سو بڑے بابو کو دے دو۔''

''ٹھیک ہے صاحب۔'' چرنجی نے نوٹوں کو پھر ٹوپی کے نیچے رکھ لیا اور جانے کے لئے دروازے کی طرف مڑا، مگر دو قدم چل کر رک گیا۔ ''کیئر ٹیکر صاحب نے کہا تھا صاحب' میرے چپراسی کے لئے بھی ایک سولایا کر۔''

ڈاکٹر سروپ نے اسے قریب آنے کا اشارہ کر کے ایک سو کا ایک اور نوٹ اس کے ہاتھ میں تھما دیا۔'' کرکے دیال سے کم سے کم سولہ سو ہی وصول کر لیتے۔''

چرنجی نے نوٹ کو ویسے ہی اپنی ٹوپی کے نیچے جمالیا۔'' آج کل آپ جیسے رحم دل افسر کہاں

ملتے ہیں صاحب آپ تو اپنی ساری پر جا کے کھیون ہار ہیں۔"

چرنجی کے جانے کے بعد ڈاکٹر نے آدھا اُٹھ کر پتلون کی پچھلی جیب سے اس کے دیے ہوئے نوٹ نکالے اور یونہی ان پر اپنی نگاہ نکالی اور ریزرو بینک آف انڈیا کے گورنر کی طرف سے ادائگی کے وعدے کی تحریر پڑھنے لگا ــــــ سرکار جو وعدہ کرتی ہے اسے ہمیشہ پورا کرتی ہے لیکن لوگوں کا یہ حال ہے کہ کسی پر بھروسہ نہیں کیا جا سکتا ــــــ پورے پانچ سو کم ڈاکٹر کو دیال پر ابھی تک بہت غصہ آ رہا تھا ــــــ خیر اُسے معلوم ہو جائے گا سرکاری معاملوں میں زبان سے پھرنا اتنا آسان نہیں ــــــ اس نے نوٹوں کی تہہ جما کر انہیں پھر جیب میں رکھ لیا اور سوچنے لگا کہ ڈائرکٹر چھ سو سے کم میں نہیں ٹلے گا۔ سارا کام ہم لوگ کرتے ہیں اور وہ بڈھا مفت میں سب سے بڑا حصہ اڑا لے جاتا ہے۔ سالا اکیلا آدمی ہے، اتنے پیسوں سے کرتا کیا ہے؟ آج شام کو گھر لوٹتے ہوئے میں اسکاچ کی بوتل لے جاؤں گا اور سوڈا بھی۔ اسکاچ میں پانی ملانے سے تو بہتر ہے کہ صرف پانی ہی پی لیا جائے۔

"مگر پیاس تو پانی سے ہی بجھتی ہے۔" اس کی بیوی روشنی اپنی شوہر کی شراب کی لت سے چڑی رہتی تھی۔

"ہاں، مگر جن کی پیاس پہلے ہی مری پڑی ہو انہیں تو اسے زندہ کرنا ہوتا ہے۔" روشنی سے جھگڑتے ہوئے اس کا دماغ روشن ہو جاتا۔

"ارے او سرد تمہارے بیوی ہے، پھول سی بچی ہے ہم سے تمہاری پیاس زندہ کیوں نہیں ہوتی؟" پھر ناری کو یکلخت اپنی بے بسی پر غصہ آنے لگتا۔ "تم ــــــ تم مُردوں کے ڈاکٹر ہو سرد پ، تم کیا جانو، کسی بے کل روح کی بچی کچھی سانسیں اکٹھی کر کے اسے اپنے پیروں پر کیسے کھڑا کیا جا سکتا ہے؟"

جب ڈاکٹر سرد پ کو پیشہ ورانہ اہل۔ کے باعث ٹرانسفر پر سرکاری اسپتالوں کی زنجیر اس مردہ خانے کا انچارج بنایا گیا تھا وہ بہت تلملایا تھا کہ اتنے سالوں کے تجربے کے باوجود اسے موت کی

سندیں لکھنے اور مردوں کی دیکھ بھال پر مامور کر دیا گیا ہے۔

''دل چھوٹا مت کرو ڈاکٹر۔'' اس کے ایک سینئر شریک کار نے اسے تسلی دینے کے لئے سمجھایا تھا۔ سرکاری ڈاکٹر یہاں ہو یا وہاں' ایک ہی بات ہے۔ وہاں وہ مریض کو موت کی راہ پر ڈالتا ہے اور یہاں مریض اس راہ پر چلتے ہوئے اس کے پاس آ پہنچتا ہے۔'' اس نہ ہنستے ہوئے ڈاکٹر سردپ کی پیٹھ تھپکی تھی۔ ''بڑے آرام دہ ٹھکانے پر آ لگے ہو۔ اب چین کی بانسری بجاؤ۔''

ڈاکٹر سردپ نے واقعی چین کی بانسری بجاتے ہوئے ہی یہ سارے سال بتا دیے تھے۔ بہت ہونے پر بھی اس کے چارج میں بیس سے زیادہ مردے نہ ہوتے ان میں سے بیشتر لا وارث ہوتے۔ ڈاکٹر اپنے دفتر سے باہر چوبیس گھنٹے کا نوٹس لگانے کے بعد لا وارث مُردوں کو سرکاری تجربہ گاہوں میں کام میں آنے کے لئے بھیج دیتا۔ مردوں کی دیکھ بھال کرتے کرتے وہ زندوں کا علاج کرنا بھول ہی گیا تھا۔ سرکاری رجسٹر میں 'نارمل' کا اندراج کر کے وہ دراصل اس امر کی تصدیق کرتا تھا کہ 'مریض' قطعی طور پر مر چکا ہے۔ ایک دفعہ چپڑجی اپنی بیماری کے باعث چھٹی کی درخواست لے کر آیا تو ڈاکٹر سردپ نے اس سے کہا۔ ''اِدھر آؤ، تمہاری نبض دیکھوں۔'' اور نبض پر انگلی رکھے چند لمحات وہ اسے نہایت متانت سے محسوس کرتا رہا اور پھر بولا۔ ''تمہیں کوئی تکلیف نہیں، جاؤ کام کرو۔''

''مگر صاحب______''

''کہہ دیا ہے نا' جاؤ، تمہاری نبض بالکل بند ہے۔''

چپڑجی کا یہ حال تھا کہ ہنستے ہنستے وہ اپنی بیماری بھول گیا تھا اور ڈاکٹر سردپ کو غصہ آ رہا تھا کہ یہ بدتمیز اس طرح ہنس کیوں رہا ہے۔

چپڑجی کا آگے پیچھے کوئی نہ تھا۔

''ایک بات کہوں صاحب؟'' ایک دن وہ ڈاکٹر سے کہنے لگا۔ ''اگر کبھی اچانک میرا دم نکل جائے تو مجھے کہیں ڈاکٹری تجربوں کے لئے مت بھیجئے۔''

"کیوں؟"

آپ تو جانتے ہیں صاحب، میڈیکل کالجوں کے لونڈے چنگوں بھلوں کو کس طرح اونا تے ہیں۔ معلوم ہوتا ہے گوشت کی گٹھریوں میں ٹوٹی پھوٹی ہڈیاں سی ہوئی ہیں۔"

"اب بھی تو تم ایسے ہی دکھتے ہو۔"

چپراسی نے سر جھکانے کے لئے اپنی ٹوپی اتاری تو اس کے گنجے سر سے دس کا نوٹ نیچے آگرا۔

"یہ نوٹ کہاں سے مارا ہے؟"

"آپ سے کیا پردہ، صاحب گنگو ٹھیکیدار آیا ہوا تھا۔ انعام دے گیا ہے۔ آپ کو سلام بولنے کو کہہ گیا ہے۔"

"اس سے کہو، صرف سلام بول دینے سے کام نہیں بنتا۔"

"بڑا دلدار سیٹھ ہے صاحب آپ اس کی طرف ایک بار نظر بھر کے دیکھیں گے تو وہ اپنے آپ کو بیچ کر بھی آپ کی خدمت کرتا رہے گا۔"

ڈاکٹر سروپ نے خود کو پھر یاد دلایا کہ آج اسکاچ اور سوڈا لے کر جاؤں گا۔

"آج پھر؟"

پچھلے ہفتے تو اس کی بیوی نے چیخ چیخ کر سارا گھر سر پر اٹھا لیا تھا اور پھر بلڈ پریشر سے بستر پر چت ہوگئی تھی اور کھلی آنکھوں سے بے ہوش پڑی تھی۔ اس نے انجانے میں اس کی آنکھیں بند جر کر دی تھیں اور اس کے دل کی دھڑکن محسوس کر کے ایک دم خوف سے پیچھے ہٹ گیا تھا کہ ایسا کیسے ہو سکتا ہے۔

ڈاکٹر سروپ نے اچانک سر اٹھایا اور دیکھا کہ کوئی شخص اس کے دفتر کے دروازے کے عین وسط میں اڑا اڑا سا کھڑا اسے اپنی طرف متوجہ کرنے کی کوشش کر رہا تھا۔ پہلے تو ڈاکٹر نے اسے باہر انتظار کرنے کو کہا اور پھر آنکھیں جھپک کر حیرت اور ہیبت سے اس کی طرف دیکھتا رہ گیا ____ یہ

کیسے ہو سکتا ہے؟

''میں اپنے بھائی کو لینے آیا ہوں۔'' وہ شخص دو چار قدم آفس کے اندر چلا آیا۔

''میں اُسے دیکھ آیا ہوں شاید وہ وہی تھا۔''

''او ـــــ ہ ـــــ ہ ـــــ !'' ڈاکٹر نے ڈھیلا ہو کر کھلی سانسلی۔'' مجھے خیال گزرا تھا تمہارا بھائی خود آپ ہی مردہ خانے سے اٹھ کر چلا آیا ہے۔ پرسوں شام کو اسے یہاں بھیجا گیا تھا۔''

''ہم جڑواں بھائی ہیں۔'' اس شخص نے گریاں سی آواز میں ڈاکٹر کو بتایا۔

ڈاکٹر اپنے حواس پر قابو پانے کیلئے ہنسنے لگا۔'' میں تو ٹھنڈا ہو گیا تھا۔ مانو ایک مردے نے دوسرے پر آنکھیں گاڑی رکھی ہوں۔'' ڈاکٹر نے اسے اپنے سامنے کرسی پر بیٹھنے کا اشارہ کیا۔'' بیٹھ جاؤ۔'' وہ ابھی تک اپنی واردات کے طلسم میں گرفتار تھا'' مردے بھی ضرور کہیں نہ کہیں ہماری طرح بس جاتے ہوں گے۔ ٹھہرو، بواو نہیں ـــــ کیا پتہ، کیا پتہ، ہم بھی مردے ہوں۔ میں نے کہیں پڑھ رکھا ہے کہ ہر شخص دراصل اپنی موت سے پہلے ہی مر چکا ہوتا ہے۔ نا معلوم، کب سے ـــــ ؟'' وہ گویا اپنے آپ سے باتیں کرنے لگا تھا۔'' مجھے بڑی دُھندلی سی یاد آرہی ہے، میں نے بھی ایڑیاں رگڑ رگڑ کر جان دی تھی اور پھر مجھے مردہ خانے میں بھیج دیا گیا تھا، پچھلے پندرہ سال سے میں یہاں گل سڑ رہا ہوں۔'' اس نے اپنے آپ کو جھنجھوڑ کر بتایا اس اجنبی کے سامنے کیا رونا رونے لگے ہو۔ نیور مائینڈ ! وہ سر جھٹک کے سیدھا ہو کر بیٹھ گیا۔'' میں تمہاری کیا مدد کر سکتا ہوں؟''

'میں اپنے بھائی کی لاش لینے آیا ہوں۔''

اب تک ڈاکٹر سر دپ اپنے معمول پر آچکا تھا۔

''لاشیں یونہی ہر آتے جاتے کے حوالے نہیں کی جاتیں۔ پہلے ہمارے آفس کا ایک فارم بھر دو نہیں، دو ـــــ سمجھے! کسی مجسٹریٹ کا تصدیق شدہ حلف نامہ لاؤ اور ایک اعلان نامہ، جس پر دو گواہوں کے دستخط ہوں اور ان دو میں سے ایک کو ہمارے دفتر کا کوئی آدمی بخوبی جانتا

ہو_____ جاؤاب!''

نووارد پریشان ہوکر کھڑا ہوگیا۔کہاں جاؤں؟''

''کہیں بھی،میں کیا بتاؤں''

''فارم،اعلان نامہ_____''

ساتھ کے دفتر میں بڑے بابو سے ملو وہ تمہیں سمجھادے گا''۔

وہ شخص جانے کے لئے اٹھنے لگا تو ڈاکٹر سروپ کو شاید اس پر ترس آگیا۔"بیٹھ جاؤ۔مردے کے مندرجات میرے رجسٹر میں نوٹ کرواکے جاؤ''اس نے ایک رجسٹر کھول لیا۔''نام؟''

''امریک سنگھ۔''

''امریک سنگھ کس کا نام ہے تمہارا یا اس کا؟''

''میرا۔''

''ارے بھائی،اس کا نام بتاؤ جسے تم لینے آئے ہو؟''

''کشن سنگھ۔''

''عمر؟''

''میری عمر پینتیس برس ہے۔''

''مجھے تمہاری عمر سے کیا غرض؟لاش کی عمر بتاؤ؟''

''ہم جڑواں بھائی ہیں۔''

''تو میں کیا کروں؟لاش کی عمر بتاؤ۔اور اس کا پتہ؟''

امریک سنگھ چڑ گیا۔''میں کیا پتہ بتاؤں؟وہ تو آپ کے پاس ہی گل سڑ رہی ہے۔''

ڈاکٹر بھی چڑ گیا۔''گل سڑ نہیں رہی۔ایئر کنڈیشنڈ ڈارمیٹری میں ہے اور وہاں برف میں رکھی ہے۔''

''میں وہیں سے آرہا ہوں۔ایئر کنڈیشنر کام نہیں کررہا اور جتنی بھی تھوڑی سی برف تھی،وہ

پگھل چکی تھی۔''

''یہ کیسے ہو سکتا ہے؟'' ڈاکٹر سروپ نے گھنٹی بجائی جسے سن کر چپراسی دوڑتا ہوا آ پہنچا۔

ڈاکٹر نے بُو سونگھنے کے لئے ناک سے ایک لمبی سانس لی۔ ''کیا تمہیں بُو آ رہی ہے چپراسی؟''

چپراسی نے بھی اس کے مانند اپنی ناک کو پھڑ پھڑایا۔

''ہاں بُو تو آ رہی ہے صاحب۔''

''تو میرا منہ کیا دیکھ رہے ہو؟ جاؤ' بڑے بابو سے کہو ائیر کنڈیشن والے کو فوراً بلائے نہیں تو لاشیں بُو کی تاب نہ لا کر اُدھر سے ادھر آ نکلیں گی۔ کیئر ٹیکر نے بھی میرے پاس آنے کو کہو۔ جاؤ!''

چپراسی اپنی ٹوپی اتارنے کے لئے سر کی طرف ہاتھ اٹھانے لگا تو ڈاکٹر سروپ نے چوکنا ہو کر اس کو روک دیا۔ ''نہیں' سر کو ڈھانپا رہنے دو۔'' پھر وہ امریک سنگھ سے مخاطب ہوا۔

''تم بھی بڑے بابو سے مل کر فارم وارم بھر کے اپنی لاش اٹھوا لو۔''

''میری لاش؟''

''تو کیا میری؟ ____ جاؤ اٹھوا لو۔''

''کسے اٹھواؤں؟ سبھی کے سبھی تو پھول پھول کر ایک جیسے دکھ رہے ہیں۔''

''مگر تم نے بتایا ہے' تم اسے دیکھ آئے ہو۔''

''ہاں' ایک پر مجھے گمان تو ہوا تھا' پر ہو سکتا ہے وہ کوئی اور ہو۔''

''تو کیا ہوا؟ سبھی تمہارے بھائی ہیں۔''

''مگر مجھے صرف اپنے بھائی کو لے کر جانا ہے۔''

''تمہارا بھائی اب رہ ہی کہاں گیا ہے؟

''مگر ____''

''ڈاکٹر صاحب کی جان کیوں کھا رہے ہو' بھائی؟'' چپراسی نے اپنے افسر کی مدد کے لئے مداخلت کی'' کر کے بولتا ہوں صاحب' ہرایرے غیرے کو اندر مت آنے دیا کریں۔'' پھر وہ

امریک سنگھ کے کندھے پر ہاتھ رکھ کر اسے سمجھانے لگا۔ "اپنے بھائی کو تو تم ہی نے پہچاننا ہے ہم نے تو نہیں۔"

ڈاکٹر سروپ اپنے غصے پر قابو پانے کے لئے سگریٹ سلگانے لگا۔ "کیا زمانہ آگیا ہے بھائی اپنے بھائی کو بھی نہیں پہچان سکتا۔"

کشن سنگھ منہ لٹکا کر چرنجی کیس اتھ باہر جانے لگا تو ڈاکٹر سروپ کو پھر اس پر ترس آنے لگا۔ "ٹھہرو، گھبراؤ نہیں کوشش کرو گے تو پہچان لوگے۔" سگریٹ کا ایک لمبا کش لے کر اسے خواہش ہونے لگی کہ بے چارے کی مزید مدد کی جائے۔ "اگر تمہیں کوئی ایسا گواہ نہ ملے جسے ہم جانتے ہوں تو ہمارے اس چپراسی کو ہی اپنا گواہ بنالو ____ اور سنو تمہارے حلف نامہ پر بھی بڑا بابو کسی نوٹری سے دستخط کروالے گا۔"

"تھینک یو ڈاکٹر صاحب۔"

"کوئی بات نہیں۔" ڈاکٹر سروپ نے مسکراتے ہوئے سوچا کہ بڑا بابو اور چرنجی اس سے پچاس روپے تو اینٹھ ہی لیں گے، جن میں سے بیس اپنے لئے کھرے ہو جائیں گے۔

اس نے ستور مسکراتے ہوئے اپنے سامنے رکھے کورے کاغذ پر آج کی ٹوٹل آمدنی کے ہند سے لکھے ہیں ____ ۴۰۰+۲۰ ____

چرنجی اور امریک سنگھ اس کے کمرے سے باہر ہو لیے اور اس نے لاشوں کی بو سونگھنے کے لئے پھر اپنی ناک کو اوپر اٹھا کر ایک بڑی لمبی سانس اور بڑبڑایا۔ "بو پہلے سے بڑھ گئی ہے۔" اس قسم کی بو محسوس کر کے وہ بڑا بے چین ہو جاتا۔ اوّل تو وہ مُردوں کی ڈارمیٹری کا رُخ ہی نہ کرتا، یا پھر اُدھر جانا بیحد ضروری ہو جاتا تو ہدایت بھیج کر بلڈنگ کے اس ونگ میں خوب دوائیاں چھڑکوالیتا اور اکثر وہاں کیئر ٹیکر کے دفتر میں ہی کام نمٹا کر لوٹ آتا۔ پچھلے ہفتے اس کے ڈائرکٹر نے اسے اطلاع دی تھی کہ آئندہ سال سے ہر لاش کے بستر پر ایک فریزر نٹ کرنے کی تجویز منظور ہوگئی ہے۔

"وہ ٹھیک ہے سر" اس نے جواب دیا تھا "مگر اتنے سے پاور میں اب ہماری مشینوں کے

تار پھٹ جاتے ہیں۔اس وقت کیا بنے گا؟''

اس کے افسر نے اسے متنبہ کرنے کے لہجے میں کہا تھا۔''تم ہمیشہ پیچھے کی طرف دیکھتے ہو ینگ مین، آگے کی طرف دیکھا کرو۔''

سالا حرامی! آپ خود تو آگے کی طرف دیکھتا ہے نہ پیچھے کی طرف، بس جہاں بھی دیکھیں، ہم ہی دیکھیں ___ ڈاکٹر سروپ کو خیال آیا کہ آج ابھی تک مُردوں کی کل تعداد چیک نہیں کی۔ اس نے سگریٹ بجھا کر متعلقہ رجسٹر اپنے آگے کھول اور کاغذ مردے گننے لگا' _ایک دو، تین ___ آٹھ __ سولہ ___ اٹھارہ اور یہ انیس۔'' پھر اس نے کیئر ٹیکر کے بھرے ہوئے کالم پر نگاہ دوڑائی تاکہ ایکچوئلز بھی دیکھ لے ___ اٹھارہ ___! ارے ایک کم کیسے ہوگا ___؟ اس نے گھنٹی بجائی اور دروازے کی طرف دیکھنے لگا اور کوئی نہ آیا تو پھر رجسٹر پر جھک گیا ___ ایک' دو ___ انیس! ایک مردہ کہاں غائب ہو گیا ___، کہیں واقعی وہ وہی تو نہ تھا۔ اسے کشن سنگھ کا خیال آیا اور وہ بدحواس سی ہنسی ہنس دیا۔ ایک بار پھر اس نے رجسٹر پر نگاہ جمائی ___ ایک دو' تین ___

''آپ نے گھنٹی بجائی ہے صاحب؟'' چپڑاسی نے کمرے میں داخل ہو کر پوچھا اور اس کے پیچھے ایک اور آدمی داخل ہوا'' آپ نے یاد کیا ہے؟''

ڈاکٹر سروپ نے نئے آدمی کو گھور کر دیکھا۔ ''تم کون ہو؟''

''میں کیئر ٹیکر صاحب کا نیا چپڑاسی ہوں صاحب' راجو''

''ارے ہاں' تم ہی تو ہو۔ میں تمہیں پہچان ہی نہیں پایا۔'' ڈاکٹر نے اسکے منہ کی طرف اشارہ کیا۔ ''تم نے یہ پھنسیوں کا نقاب جو چڑھا رکھا ہے۔''

''علاج کروا رہا ہوں صاحب۔''

''سوچ سوچ کر کیا بنے ہوئے ہو۔ کیا تمہیں اپنے آپ سے بو نہیں آتی؟''

''کا کروں صاحب۔''

"برف۔ منہ پر برف رکھا کروں۔" ڈاکٹر نے اچانک اپنے نتھنوں کو پھڑکتا ہوا محسوس کیا "پھر وہی بو!" اس نے نتھنوں کے راستے سانس لیں۔ "ہاں بو تو آ رہی ہے۔"

"کیئر ٹیکر کہاں ہے؟" ڈاکٹر کو یاد آیا کہ کیئر ٹیکر نے تو آج اپنے دانتوں کے ڈاکٹر کے پاس جانے کی اجازت لے رکھی ہیں۔ "کیا تمہارا ایئر کنڈیشنر چل رہا ہے؟"

"میں اتنا بھاگیہ شالی کہاں ہوں صاحب؟" راجو احمقوں کی طرح کھی کھی کرنے لگا۔ "یہ نعمت تو مُردوں کو ہی نصیب ہیں۔"

راجو کی بات ڈاکٹر کی دل کو جا لگی۔ ہاں اس دنیا کی عجیب ریت ہے۔ یہ نعمت صرف انہیں نصیب ہے جو اس کی زندگی بخش ٹھنڈک میں بھی بے جان پڑے رہتے ہیں ــــــ ابھی تک کھی کھی کیے جا رہے ہو۔ میری بات کا سیدھا جواب دو ــــ"

"کر کے بولتا ہوں افسر کے سامنے زیادہ عقل مت بگھارو۔" چرنجی نے اپنی ٹوپی اتارنا چاہی لیکن ڈاکٹر کی نظر میں ڈانٹ محسوس کر کے اس نے اپنا ہاتھ روک لیا۔

ڈاکٹر سروپ کو یکبارگی یاد آیا کے ایک مردے کا حساب جڑ پا رہا۔ اس نے چرنجی کو حکم دیا کہ وہ بڑے بابو کو بلائے، لیکن پھر اسے جھٹ ہی روک لیا ــــ "اس نے راجو سے مردوں کی تعداد کے بارے میں استفسار کیا اور راجو نے اسے فوراً جواب دیا ــــ "پورے اٹھارا ہے صاحب۔"

"کیا تمہیں یقین ہے، اٹھارہ ہیں؟"

"میرا اور کام ہی کیا ہے صاحب؟ دروازے پر بیٹھا انہیں ہی بار بار گنتا رہتا ہوں۔ اب تو اس کی عادت ہو گئی ہے صاحب، جدھر بھی چند لوگ اکٹھے دکھ جائیں، انہیں گننا شروع کر دیتا ہوں۔"

"دیکھو راجو۔" ڈاکٹر سروپ نے اچانک کچھ فیصلہ کر کے اپنا منہ بڑا پکا کر لیا۔ "اب میں تم سے صاف صاف پوچھ رہا ہوں، اگر تم لوگوں سے کوئی غلطی ہو گئی ہے تو بتا دو میں تمہیں بچا لوں گا۔"

"میری سمجھ میں کچھ نہیں آ رہا، صاحب۔"

"تمہاری سمجھ میں اتنا تو آ رہا ہے کہ ایک مردہ کالے دھندے میں ہزار پندرہ سو پر اٹھتا ہے۔ اگر تم نے گر لیے

مال نہیں کیا تو ایک مردہ کہاں گیا؟ سرکار تو اس کی جگہ مجھے لٹا کر حساب پورا کرے گی۔ تمہارا کیا جائے گا؟''

''نہیں، صاحب۔'' ڈاکٹر کے چہیتے چرنجی نے مداخلت کی۔ ''میں راجو کی طرف سے آگ میں ہاتھ ڈال کر کہہ سکتا ہوں، وہ ایسا آدمی نہیں۔''

''تو پھر مُردہ کہاں گیا؟ جیسے بھی ہو مجھے اسی وقت اپنا مردہ چاہئے۔'' ڈاکٹر نے ایک بار اور رجسٹر پر اپنی پریشان نگاہ دوڑائی اور ایک خانے میں اس کی آنکھیں لٹک گئیں اور وہ مسرت سے اچھل پڑا۔ ''مل گیا ____ یہ دیکھیو، بڑے بابو نے یہاں ایک ہی مردے کی تفصیلات غلطی سے دوبار درج کردی ہیں۔ مُردے اٹھارہ ہی میں ____ ! جاؤ، بڑے بابو کو بلاؤ۔'' مگر اس کا جی متلانے لگا۔ ''نہیں رہنے دو ____ کیا تمہیں بو محسوس نہیں ہو رہی ہے؟'' اسے نامعلوم کیا سوجھی ہے کہ وہ اپنا ہی بدن سونگھنے لگا ہے۔

''نہیں، صاحب، اس وقت تو نہیں ہو رہی ہے۔''

لاشوں کے پاس بیٹھ بیٹھ کر تمہاری ناک ٹھیک طرح کام نہیں کرتی۔ میں نے تم سے پوچھا تھا ،مردہ خانے کا ائیر کنڈیشنر چل رہا ہے یا بند پڑا ہے۔''

''دس پندرہ منٹ بند رہا صاحب، پھر آپ ہی آپ چلنے لگا۔''

''یہاں سب ہی کچھ آپ ہی آپ چلے تو چلے تم سب لوگ نااہل ہو۔ اگر میں تمہاری حفاظت نہ کروں تو تم سبھوں کو دو دن میں جوتے مار مار کے یہاں سے نکال دیا جائے۔''

''کر کے ہی تو سب آپ کے نام کی مالا جپتے ہیں صاحب۔''

''مگر کچھ کام بھی کیا کرو۔ کیا وہ حرامی کاپلا پوری برف بھیج رہا ہے؟''

''نہیں، صاحب، پہلے سے آدھی بھی نہیں بھیج رہا۔''

ڈاکٹر اپنی پتلون کی پچھلی جیب کی طرف ہاتھ لے گیا اور دانت پیس کر بولا۔ ''اس سے طے تو یہ ہوا تھا کہ لکست سے آدھی ضرور بھیجے گا۔ چلو، کم سے کم ایک تہائی ہی بھیج دے مگر بے ایمان سارے وعدے بھول گیا ہے۔'' وہ اپنا بلڈ پریشر بڑھتا ہوا محسوس کر کے سگریٹ سلگانے لگا۔'' گنگو ٹھیکیدار کو کہلوا بھیجو چرنجی، وہ مجھے

فوراً ملے۔"

چرنجی بغلیں بجانے لگا۔"میں آج ہی اس کے پاس چلا جاؤں گا صاحب۔"

اسی اثنا میں ٹیلیفون کی گھنٹی بجنے لگی۔

"ہیلو ڈارلنگ۔"ڈاکٹر کی بیوی کا ٹیلیفون تھا۔"کیا؟ فرج میں برف نہیں بن پا رہی؟ کیوں ____؟ ____ ہاں مشین ہی بگڑ گئی ہو تو وہ آئے گی ہی۔"

☆☆

کلام حیدری

سخی

میں ذکریا اسٹریٹ کے ایک گندے اور چھوٹے سے ہوٹل میں بیٹھا ہوں ہوں۔ سامنے سیاہ رنگ کے ٹیبل پر چھوٹی سی چائے کی پیالی رکھی ہے جس میں تلخ قسم کی چائے پر بالائی پڑی ہوئی ہے۔ میرے ٹیبل کے سامنے ایک لمبا سا ٹیبل ہے جس پر کئی دوسرے لوگ بیٹھے ہیں، ان میں سے ایک کو میں پہچانتا ہوں۔ وہ جو شطرنجی ڈیزائن کی لنگی پہنے ہوا ہے اور جس کی گنجی بجائے بٹن کے فیتے سے بند ہونے والی ہے، میں اسے صرف اس وجہ سے پہچانتا ہوں کہ وہ مجھ سے مہینہ میں ایک بار منی آرڈر لکھواتا ہے، کبھی پچاس، کبھی چالیس اور کبھی سو بھی۔

یہ کہاں رہتا ہے، میں نہیں جانتا، یہ کیا کرتا ہے، یہ بھی میں نہیں جانتا، یہ منی آرڈر کہاں بھجواتا ہے، صرف یہ میں جانتا ہوں۔ بی بی سکینہ معرفت شرافت حسین، بیڑی دکان پورنیہ ـــــــ

اور میں نے اب چائے کی پیالی اپنے ہونٹوں سے لگالی ہے اور بالائی ہونٹوں سے الجھ رہی ہے، میں نے پھونک مار کر بالائی کو کچھ ہٹادیا ہے اور تب پہلے گھونٹ کے ساتھ، ایک میٹھی تلخ دھار حلق سے پیٹ میں اترتی ہوئی محسوس کرر ہا ہوں، میں نے پیالی واپس طشتری میں رکھ دی ہے۔

بی بی سکینہ کے بارے میں مجھے اتنا ضرور معلوم ہے کہ یہ اس شطرنجی ڈیزائن کی لنگی والے کی بیوی ہے اور یہ بھی جانتا ہوں کہ اس کا نام مولا ہے اور منی آرڈر لکھواتے وقت اپنا نام مولا بخش لکھواتا ہے۔ پہلے پہل جب میں نے اس سے منی آرڈر فارم پر لکھنے کے لئے اس کا پتہ پوچھا تھا تو اس نے اپنا نام مولا بخش بتایا اور کہا۔ ''معرفتی آپ اپنا ہی لکھ دیجئے۔''

چنانچہ میری معرفت روپیہ بھیجنے والے کے پتے سے بھی مجھے ناواقف ہی رہنا پڑا۔

اور میں نے چائے کی پیالی دوبارہ اٹھالی ہے، اور بالائی کو غور سے دیکھ رہا ہوں جو چائے پینے میں حارج

ہو گی۔ میں ایک لمبا گھونٹ لیتا ہوں اور بالائی تھوڑی سی چائے سمیت میرے منہ میں چلی جاتی ہے اور میں منہ چلانے لگتا ہوں۔

بی بی سکینہ کا شوہر پست قد کا گٹھا ہوا سیاہی مائل آدمی ہے، جس کے کان کی لو تھوڑی سی کٹی ہوئی ہے اور گالوں کی دونوں جانب کی ہڈیاں باہر نکلی ہوئی ہیں۔ چہرہ بڑا اور محنتی آدمی کا سا معلوم ہوتا ہے۔ سینہ چکلا اور گردن بھری بھری مگر اوسط درجے کی لمبی ہے آنکھوں میں چمک ہے مگر جیسے وہ دھندلاہٹوں میں ہو۔ داہنے ہاتھ کی شہادت والی انگلی کا ناخن نکیلا اور لمبا ہے۔

اور میں نے پیالی پھر ہاتھ میں لے لی ہے۔ اور ہوٹل میں آنے والے دو افراد کو دیکھنے لگا ہوں جو دروازے کے پاس ہی رک گئے ہیں اور ہوٹل کا جائزہ لے رہے ہیں ایک کے سر پر ''دلی والوں'' جیسی ٹوپی ہے جو بے میل ہے اور دوسرا ننگے سر ہے اور بال الجھے الجھے ہیں اور دونوں پھر اندر آ جاتے ہیں۔

میں نے چائے کا تیسرا اور آخری گھونٹ لے کر پیالی طشتری پر رکھ دی ہے اور اسے میز کے ایک طرف کھسکا دیا ہے۔

ہوٹل کا ریڈیو چیخ چیخ کر فلمی گانے سنا رہا ہے اچانک وہ زور سے کھڑ کھڑاتا ہے اور ہوٹل کا نوجوان مالک جو ٹھوڈی ہاتھوں پر رکھے کسی اردو اخبار کو جانے کب سے پڑھ رہا تھا۔ چونک کر ریڈیو کا بٹن گھمانے لگتا ہے۔

اور میں ان دونوں کو دیکھ رہا ہوں جو ابھی ابھی اس ہوٹل میں داخل ہو کر بیٹھے ہیں۔ اور دلی والوں کی ٹوپی پہنے ہوئے شخص نے اپنے ساتھی سے کچھ مشورے کرنے کے بعد دو شیر مال اور دو سیخ کباب کا آرڈر دے دیا ہے اور ہوٹل کا لونڈا اس بڑے سے طاق نما سوراخ کے پاس کھڑا ہوا ہے جہاں سے ہوٹل کے باورچی خانے کا منظر دکھائی دیتا ہے۔

اور مولا بخش ایک کروٹ بیٹھے بیٹھے دوسرا پہلو بدل کر بیٹھ جاتا ہے اور باہر سے نظریں ہٹا کر وہ میری جانب دیکھنے لگتا ہے، جیسے اسے میرے دیر تک بیٹھے رہنے پر تعجب ہو رہا ہو، میں اس کی ٹٹولتی نگاہوں سے بچ کر پہلو بدلتا ہوں۔

اور اب میرے انتظار کا پیمانہ لبریز ہو رہا ہے، جس اخبار کے ایڈیٹر نے مجھ سے یہاں ملاقات

کرنے کا وعدہ کیا تھا اس کے آنے کی امید تقریباً ختم ہو چکی ہے اور ساتھ ہی ساتھ امید کی جس کرن کے سہارے میں نے تین روپے ساڑھے چودہ آنے میں پچھلے چار دن گزارے۔ تھے وہ کرن اس ہوٹل میں جیسے گم ہو گئی، اب تک وہ ایڈیٹر نہیں آیا۔ جس نے مجھے ترجمہ کا کام دینے کا وعدہ کیا تھا اور جس سلسلے میں میں نے سوچا تھا کہ کام ٹھیک ہوتے ہی کچھ ایڈوانس مانگوں گا جس سے ذکریا اسٹریٹ کے ایسے ہوٹلوں میں کم از کم چند دن کھپ سکوں۔

دلی والوں کی ٹوپی پہنے ہوئے شخص کے آگے ایک شیرمال رکھی ہوئی ہے، اوپر کا سرخی مائل حصہ بے حد اشتہا انگیز ہے اور کباب سے اٹھتا ہوا ہلکا ہلکا دھواں میں آسانی سے دیکھ سکتا ہوں۔

وہ ایڈیٹر ابھی تک نہیں آیا ہے، اور میں سوچ رہا ہوں، مولا بخش کی بیوی سکینہ کیسی ہوگی؟ اور اس کے کوئی بچہ ہے کہ نہیں اور اس وقت مجھے اچانک لگا کہ میں مولا بخش سے مخاطب ہو کر پوچھوں کہ اس کے کوئی بچہ ہے یا نہیں۔ میں نے اس سوال کو مہمل اور بے موقع خیال کرتے ہوئے اپنے ذہن سے نکال دیا ہے۔

اور اب وہ دلی والوں کی ٹوپی پہنے شخص اور اس کا ساتھی آدھی سے زائد شیرمال کھا چکے ہیں اور سیخ کباب سے اٹھتے ہوئے دھوئیں کو اب میں نہیں دیکھ سکتا۔ شاید اب دھواں اٹھ بھی نہیں رہا ہے۔

وہ ایڈیٹر اب نہیں آئے گا، اور میں نے چار دن یوں ہی بے کار گنوا دیے۔ ورنہ ان چار دنوں میں دوڑ دھوپ کی جاسکتی تھی، کوئی ٹیوشن ہی تلاش کی جاسکتی تھی، مگر چار روز تک اس اطمینان سے بیٹھے رہنے کے بعد ابھی اچانک اس متوقع کام سے مایوسی پر اب آگے چلنے کی جیسے صلاحیت ہی نہ رہی ہو۔

سکینہ کی عمر بیس سال زیادہ نہ ہوگی اور بچہ بھی کوئی نہ ہوگا۔ یہ شرافت حسین کون ہوگا، اور تب میں سوچتا ہوں کہ، یہ شرافت حسین مولا بخش کا رشتہ دار وغیرہ ہوگا یا پھر دوست ہو سکتا ہے اور سکینہ......

اب یہ کیا تک ہے کہ ایڈیٹر وعدہ کے خلاف اب تک نہیں آیا ہے اور مجھے سکینہ کی عمر کی پڑی ہے، شرافت حسین اور سکینہ کی رشتہ داری کی نوعیت کی فکر ہے، مولا بخش اور شرافت حسین کے تعلقات سے مجھے کیا تعلق ہے؟

اور اب وہ دونوں شیر مال کے بعد چائے بھی پی چکے ہیں اور کاؤنٹر پر ہوٹل کا نوجوان مالک ان سے پیسے لے رہا ہے۔

اب تین بج رہے ہیں، گیارہ بجے سے تین بجے تک انتظار کے بعد نڈھال سا ہو رہا ہوں۔

یہ مولا بخش ہر ماہ کی ۱۳ تاریخ کو منی آرڈر ضرور لکھواتا ہے۔ ایک دو روز آگے یا پیچھے مگر پوری پابندی سے لکھواتا ہے۔

اور میں سوچ رہا ہوں، سکینہ ضرور خوبصورت ہوگی، اور یہ جو مولا بخش کی آنکھوں میں چمک ہے، وہ اسی جوان محبت کی چمک ہے اور جو یہ چمک کسی قدر دھندلا ہٹوں میں ہے وہ فراق یار ہے۔

تین روپے ساڑھے چودہ آنے کے تقریباً جدا ہو جانے کے بعد ایڈیٹر نہیں آیا تو اب کیا ہوگا ــــ سوچ رہا ہوں، یہ جو جیب میں اب فقط ساڑھے چھ آنے ہیں اس میں سے چھ پیسے یعنی ڈیڑھ آنے بھی جدا ہونے والے ہیں۔

اور میں اس پیالی کو دیکھ رہا ہوں جسے میں کب کا خالی کر چکا ہوں مگر ہوٹل کے نوکر نے اسے ٹیبل سے نہیں اٹھایا ہے، تو یہی وہ پیالی ہے جو مجھے مزید ڈیڑھ آنے سے محروم کر دے گی اور میری جیب میں پانچ آنے رہ جائیں گے اور کلکتہ شہر، اور یہ زکریا اسٹریٹ، اور یہ دلکشا ہوٹل ــــ دل سے ماننا ہوگا مولا بخش سکینہ کو جبھی تو ــــ اور اب مولا بخش اپنی جگہ سے اُٹھ چکا ہے اور مجھے ایسا لگ رہا ہے جیسے وہ مجھ سے کچھ کہنا چاہتا ہے، اور اب وہ میرے قریب آ گیا ہے اور کہہ رہا ''ہم کل آئیں گے جی ــــ آپ رہیں گے نا؟ ــــ میں اسے اثبات میں جواب دیتا ہوں اور سوچتا ہوں یہ کل منی آرڈر لکھائے گا۔ اور کل صبح تک میری جیب میں پانچ آنے رہیں گے یا......

میں اس وقت اپنی کوٹھری کی ایک چوکی پر پڑا ہوں، میرے سرہانے دو آنے پیسے تکیہ سے دبے پڑے ہیں، اور میں رات دیر تک جاگنے سے گرانی محسوس کر رہا ہوں۔

اس کلینڈر کی جانب دیکھ رہا ہوں جو ہوا سے پھڑ پھڑا رہا ہے جس میں ایک امریکن عورت جہاز کی سیڑھی پکڑے بڑے ہی قاتل انداز میں کھڑی ہے میں امریکن کلینڈر...... میں منہ ہاتھ دھو چکا

ہوں، بھوک لگ رہی ہے، بڑی احتیاط سے میں تکیہ ہٹاتا ہوں اور دو آنے اُٹھا کر جیب میں رکھ لیتا ہوں، ڈوری پر ٹنگا ہوا پینٹ پہن لیتا ہوں ____

میں سوچ رہا ہوں، ٹیوشن کی تلاش میں نکلنا بہتر ہوگا کچھ سہارا ہو جائے۔ پھر اطمینان سے نوکری تلاش کروں گا، اور تب سوچتا ہوا انگریزی کی جو ڈکشنری پڑی ہے اسے بیچ کر کچھ پیسے حاصل کئے جاسکتے ہیں۔ اس خیال سے تقویت محسوس کرتا ہوں ____

اور میرے سامنے حسین بیڑی دوکان، پورنیہ، مولا بخش...... ساٹھ روپے۔

اب میں منی آرڈر لکھ چکا ہوں اور مولا بخش کے ساتھ ہی ساتھ کوٹھری میں تالا بند کر کے سڑک پر آگیا ہوں اور مولا بخش مجھ سے کہہ رہا ہے کہ اسے آج مالک نے جلد ہی بلایا ہے اس لئے وہ آج منی آرڈر نہیں لگا سکے گا اور میں کچھ سوچ کر اس سے کہہ رہا ہوں کہ مجھے فرصت ہے وہ کہے تو میں منی آرڈر لگا دوں۔

"آپ ____؟" وہ ہچکچاتا ہے مگر میں اسے ہمت دلاتا ہوں کہ آخر وہ بھی آدمی ہے، ایک کام ہی اس کا کردوں گا تو کیا چھوٹا ہو جاؤں گا۔

مولا بخش، جا چکا ہے اور میری جیب میں ساٹھ روپے ہیں اور منی آرڈر فارم ہے۔ اور میں ٹیوشن کی تلاش میں جا رہا ہوں۔

ابھی شام ہوگئی ہے اور میں دل کشا ہوٹل میں نہیں ہوں میں پارک سرکس میں ایک اوسط درجے کے ہوٹل میں بیٹھا ہوں، میری میز پر ابھی ابھی بیرا نے ایک شیر مال، قورمہ اور سیخ کباب لاکر رکھا ہے اور میں بغور اس شیر مال کو دیکھ رہا ہوں جو بہت ملائم، بے حد لذیذ اور خوبصورت نظر آرہی ہے۔

میرے ذہن میں اس ایڈیٹر کا خیال نہیں ہے جس نے مجھے ترجمہ کا کام دینے کا وعدہ کیا تھا اور گیارہ بجے سے تین بجے تک اس کا انتظار کرنے کے بعد بھی وہ نہیں آیا، اور اس وقت زیادہ سے زیادہ سات بجے ہیں اس ہوٹل میں رونق بڑھتی جا رہی ہے۔ میں سوچتا ہوں اس ہوٹل تک میرے

قدم کیسے آئے، کوئی ٹیوشن نہیں ملی، نوکری نہیں ملی اور دفعتاً مجھے سکینہ کا خیال آتا ہے جس کے پاس اسی پابندی سے منی آرڈر بھیجا گیا ہے مگر جو اس کو نہیں ملے گا، ساٹھ روپے میری جیب میں پڑے ہیں۔ اور منی آرڈر فارم میں نے کراؤن سنیما کے سامنے پڑے ہوئے پیک کے گملے میں ٹکڑے ٹکڑے کر کے ڈال دیا ہے۔

میں شیر مال کھانے لگا ہوں اور مجھے خیال آیا ہے اگر میں مولا بخش سے بیس پچیس روپے مانگ لیتا تو شاید وہ دے دیتا مگر مولا بخش کے سامنے دستِ سوال بڑھانے کے خیال سے مجھے بڑی ذلت محسوس ہو رہی ہے۔

یہ کباب کتنا خوش ذائقہ ہے اور پیاز کے ان تراشوں کے ساتھ تو اس کا لطف ہی نرالا ہے۔

میں ڈلہوزی اسکوائر کے ایک آفس سے نیچے اُتر رہا ہوں، پانچویں منزل سے اترتے اترتے پاؤں دکھنے لگے ہیں اور ایسی کتنی ہی بلڈنگوں سے نامراد لوٹتے لوٹتے اب مجھے ایسا لگتا ہے جیسے نوکری نام کی کوئی چیز اس دنیا میں نہیں ہے۔

ٹرام کی گھنٹیاں بج رہی ہیں۔ میں فٹ پاتھ پر کھڑا اپنی تھکن کو دور کر رہا ہوں۔

میری جب میں بائیس روپے کچھ آنے ہیں اور سکینہ کو منی آرڈر ابھی تک نہیں ملا ہے۔ بائیس روپے کتنی بڑی طاقت کا مظہر ہیں۔ میں سوچتا ہوں ابھی کچھ روز اور بھی چکر کاٹ سکتا ہوں۔ بائیس روپے اب بھی میرے پاس ہیں۔

اب میں چلنے لگا ہوں اور رخ کو لوٹولہ کی طرف کر دیا ہے، چلتے چلتے اس بلڈنگ تک آ گیا ہوں جو جاپانی بمباری کی زد میں آئی تھی۔

میں وہاں پر آ گیا ہوں جہاں اردو رسالوں کی دوکان ہے اور میں اس سے آگے بڑھ گیا ہوں۔ سکینہ کا خیال مجھے اس کوٹھی کا خیال دلاتا ہے جو تھیٹر روڈ میں ہے اور جہاں مجھے ٹیوشن کے لئے آج شام کو بلایا گیا ہے کیا پتہ آج ٹیوشن مل ہی جائے۔

یہ ناخدا مسجد ہے، وہی زکریا اسٹریٹ کے دروازے کے باہر ایک لاش اسٹریچر پر پڑی ہوئی

ہے، اور ایک نوجوان آواز لگا رہا ہے۔

''ایک غریب مر گیا ہے، کفن دفن کے لئے پیسے دے کر ثواب حاصل کیجئے۔''

میں قریب جاتا ہوں۔ فیتے سے بند ہونے والی گنجی، ایک کان کٹی ہوئی لو۔

مولا بخش ___؟ میں ہلکے سے اس کا نام لیتا ہوں، سکینہ کے پاس منی آرڈر پہنچنے سے پہلے یہ خدا کے یہاں پہنچ گیا۔

میں اس آواز لگانے والے نوجوان سے پوچھتا ہوں یہ کیسے مرا۔ ''ٹرک سے کچل کر۔'' نیچے کے دھڑ سے اس نے چادر ہٹا کر دکھایا۔ مجھے چکر آنے لگا ہے۔ یہ ناخدا مسجد ہے، مولا بخش ہے، جس کے کفن دفن کے لئے ایک آنے دو آنے راہ گیر چادر پر پھینکتے جا رہے ہیں۔

میرا ہاتھ جیب میں جاتا ہے۔ بائیس روپے کچھ آنے اس چادر پر پھینک کر جلدی جلدی جانے لگتا ہوں، وہ نوجوان مجھے غور سے دیکھتا ہے۔

میں مڑ کر دیکھتا ہوں۔ وہ نوجوان مجھے اب بھی غور سے دیکھ رہا ہے ___

☆☆